마법의 책

THE BOOK OF MAGIC

MERLIN 12

마법의 책

The Book of Magic

THE ULTIMATE GUIDE   TO THE MERLIN

토머스 A. 배런 지음 I 어거스트 홀 그림 I 김선희 옮김

T. A. BARRON

arte

〈멀린의 잃어버린 시간〉 5권, 〈멀린의 용〉 3부작,
〈아발론의 위대한 나무〉 3부작에 대한 안내서

숨은 보석을 찾아 끔찍한 적을 물리치고,
진정한 친구들과 함께 마법의 세계를 넘나드는
마법사의 여정

35년 전, 옥스퍼드의 늙은 참나무 아래에서
내게 자신의 존재를 알려준 멀린에게,
멀린은 그 뒤로 끊임없이 자신의 마법으로 내게 영감을
불어넣어 주었다.
_토마스 A. 배런

토마스 배런, 퍼트리샤 고쉬, 세마더 메지드, 앨런 스피겔에게.
이 멋진 프로젝트에 함께할 기회를 줘 너무 감사하다.
_어거스트 홀

 거인 심이 무너져 내리는 슈라우디드 성을 힘껏 떠받치고 있다.
확실히, 분명히, 완전히.

차 례

 물 용이다! 거대한 몸집의 물 용 여럿이
깊은 바다에서 불쑥 솟아 나왔다.

독자를 위한 경고!

제발, 이 책을 조심스럽게 다뤄주길 바란다! 여러분도 잘 알다시피, 이 책에는 위대한 마법사 멀린의 비밀스러운 여정이 담겨 있다. 수 세기에 걸쳐, 많은 사람이 자신의 몫을 해냈다. 하지만 여전히 많은 사람이 멀린의 마법을 직접 찾으려 애쓰고 있다. 최근, 이 자료들이 내게 찾아왔다. …… 마법처럼 기이하게, 그리고 솔직히 말해 무모하게.

그리고 지금, 멀린의 비밀스러운 여정이 여러분 손에 들려 있다. 하지만 나는 여러분에게 경고해야 한다. 이 책에는 그저 지식만 있는 게 아니다. 위험스럽기도 하다. 때로는 은밀하게, 때로는 놀랍게, 이 책에 담긴 비밀들은 수 세기에 걸쳐 내려왔다. 수많은 생명체들이 이 안에 들어 있다. 만약 이 비밀이 나쁜 놈들 손에 들어간다면…… 마법의 적들이 이것을 이용해 파괴를 일삼을 것이다. 그러니 용맹한 마법사처럼 이 책을 지켜내야 한다.

이 자료가 어떻게 내게로 왔는지, 그리고 지금 여러분 손에 어찌하여 가닿았는지 아는가? 아주 간략하게 그 이야기를 들려주겠다. 줄곧 나를 도와준 용감한 영혼들을 보호하기 위함이다. …… 또한 용감하게 행동하지 못한 녀석들에게 고통을 주기 위함이다. (그렇다. 나는 네가 누군지 잘 알고 있다.)

멀린의 손에서……

멀린이 직접 이 책을 썼다. 멀린은 가죽으로 제본한 아주 소박한 일기를 마법의 잠금쇠로 봉해두었다. 그러고는 잃어버린 젊은 시절 동안, 일기를 써서 옷자락 깊숙이 숨겨두었다.

험악한 바다에서 해안가로 쓸려 온 직후부터, 멀린의 어린 시절은 위대한 마법사와는 전혀 어울리지 않는 젊은이의 목소리로 이야기한다. 이름도 없고, 집도 없고, 힘도 없었다. 고통으로 가득한 이 시절은 차마 읽어나가기 힘들 정도다. (글씨가 정말 삐뚤빼뚤 형편없었기에 더했다.)

이윽고, 멀린은 자신의 몸 안에 깃든 마법을 찾아냈다. 마법이 놀랄 만큼 강력해지자 새로운 페이지를 덧붙여 나갔다. 젊은 멀린이 안개로 뒤덮인 핀카이라의 비밀, 거기에 자기 어린 시절에 관한 어두운 진실을 알게 되면서 일기는 점점 풍성해졌다. 상처 입은 용을 치유해주고, 사랑에 빠지고, 마법을 집어삼키는 생명체들과 싸우고, 사슴 여인과 함께 초원을 누비고 거인의 춤을 목격했다. 시간 여행을 하며 나이 든 자신과 대면하고 일곱 노래를 익히고, 마침내 마법사에 걸맞게 완전히 새로운 방식으로 세상을 보는 법을 익혔을 때, 일기는 더욱 풍성해졌다.

리아에게……

마침내 카멜롯이라는 새로운 땅에 영감을 주기를 바라며 지구로 떠났을 때, 멀린은 일기장을 자신의 푸른 망토 깊숙한 주머니 속에 넣어두었다. 하지만 할리아와 결혼하기 위해 아발론에 돌아왔을 때, 멀린은 일기장을 여동생 리아에게 맡겼다. 리아는 곧 대사제가 되었다. 리아는 직접 몇몇 매혹적인 글을 덧붙였는데, 거기에 경쾌한 비행사에 대한 상세한 묘사부터 어둠의 예언으로 이끈 자신의 끔찍한 예감까지 모두 다 기록해두었다. 마침내, 아발론 413년에 감쪽같이 세상에서 사라지기 전, 리아는 일기장을 잃어버린 핀카이라의 늙은 참나무 아바사의 옹이구멍 안에 숨겼다.

크리스탈루스의 손을 거쳐……

결국, 멀린과 할리아의 외아들, 크리스탈루스 에오피아는 마법이 없다는 한계를 극복하고 아발론에서 가장 유명한 탐험가가 되었다. 잃어버린 핀카이라로 가는 힘겨운 여정에서, 크리스탈루스는 일기장을 찾아냈다. 이제 일기장은 너무 낡아 가죽 표지는 나이 든 친구의 얼굴처럼 쭈글쭈글했다. 크리스탈루스는 늘 옷 주머니 속에 일기장을 넣고 다녔다. 요정 여왕, 세렐라 이후 관문을 찾는 위험한 기술을 익힌 최초의 인간으로서, 크리스탈루스는 수많은 경이로운 곳을 발견했다. 모험을 하는 내내, 이 젊은이는 자신이 본 비상한 현상을 모두 기록으로 남겼다. 기괴하고, 아름답고, 신비하고 끔찍한 그 모든 현상을…….

에오피아 지도 제작자 학교를 방문할 때마다, 크리스탈루스는 일기장에 지도와 그림을 포함해 더 많은 기록을 남겼다. 그래서 일기장은 엄청나게 커졌다. 또한 아버지가 쓴 악필을 해독하기 위해 최선을 다했다. (나는 대학 도서관에 앉아 있는 크리스탈루스의 모습을 이따금 상상해본다. 불 용들이 동그라미 안의 별 모양으로 녹여 만든 커다란 스테인드글라스 아래 앉아, 투덜거리며 멀린의 해독 불가능한 글을 읽는 모습을.) 그 결과, 멀린의 마법의 영토에 일어난 엄청난 일들을 다 알아낼 수 있었다.

아주 오랫 동안, 크리스탈루스는 일기장을 잘 지켜냈다. 무시무시한 오거 사냥꾼 카타조차도 감히 그 일기장을 볼 수 없었다. 마침내, 지금껏 가장 의욕적인 여정, 그러니까 별에 이르는 비밀 통로를 찾기 위한 여정에 나서며 일기장을 가지고 가기로 결심했다. 하지만 결코 다시는 돌아올지도 모른다는 생각에, 일기장을 외딴곳에 숨겼다. 바로 위대한 나무의 심재에……

탬원의 손을 거쳐……

바로 그곳에서 크리스탈루스의 아들 탬원이 그 비밀 일기장을 발견했다. 상자 안에 손으로 쓴 두루마리와 함께 있던 이 일기장은 탬원의 마음에 직접 말을 거는 것처럼 보였다. 크리스탈루스가 이 일기장을 소중히 여긴 것처럼, 멀린의 진정한 후계자 탬원 또한 조심스럽게 다뤘다.

그 뒤로 이어진 소용돌이치는 나날 속에서, 탬원은 직접 그 일기에 자신의 글을 보탰다. 불행하게도, 휘갈겨 쓴 탬원의 글은 멀린의 글만큼이나 해독하기 힘들었다. 더더군다나, 수없이 많은 여행을 하는 동안 일기장이 심하게 구겨져 때로는 알아볼 수 없을 정도였다. 일기장이 든 배낭과 마찬가지로, 일기장은 날카로운 이빨에 씹히고, 위로 흐르는 폭포를 올라가는 동안 흠뻑 젖고, 강력한 용 바질가라드의 발톱에 짓눌리고, 별에서 벌어진 아발론의 마지막 전투를 치르며 불꽃 천사들이 내뿜는 불꽃에 그슬리기도 했다.

그리고 내게……

이 모든 요인 때문에 이 일기장을 되살리는 건 정말 벅찬 임무였다. 내가 이 일기장을 발견했을 때(나는 꿈속에서 수정 동굴의 위치를 알게 되었고, 그 수정 동굴 안에 이 일기장이 숨겨져 있었다)는, 갈기갈기 찢어진 가죽과 쭈글쭈글한 종이 덩어리에 불과했다. 글은 정말 엉망진창인 데다가 각기 다른 네 개의 세상을 담고 있었다. 이것이 내게 엄청난 도전이었지만, 또한 엄청난 전율을 불러일으킨 것도 사실이다. 이 일기장이 얼마나 멀리까지 여행을 했는지 너무나도 잘 알았기 때문이다. 핀카이라의 옛 해안가부터 아발론의 일곱 영토를 거쳐 위대한 나무의 미지의 길을 통해 시간의 강을 지나 결국…… 별에 이르렀으니까.

그렇게 해서 지금 여러분의 손에 들렸다.

이 모든 여정을 거치며, 이 일기는 그 자체의 신비한 마법과 더불어 수없이 얼룩지고, 찢어지고, 너덜너덜해졌다. 어쨌든 이제 멀린, 리아, 크리스탈루스, 탬윈의 손을 거쳐 여러분 손에 이르렀다.

토마스 A. 배런

추신.

여러분이 알고 싶다 할지라도 정보는 불충분하다. 하지만 여러분은 '멀린 대서사시'에서 확인할 수 있을 것이다. 이 대서사시에는 정말이지 놀라운 자료가 들어 있다. 이 시리즈는 〈멀린의 잃어버린 시간〉 5권, 〈멀린의 용〉 3부작, 〈아발론의 위대한 나무〉 3부작으로 이루어져 있다.

핀카이라 :
멀린의 마법의 섬

등장인물 및 마법의 생명체

아바사(Arbassa)

드루마 숲 깊숙한 곳에 커다란 참나무 한 그루가 자랐다. 그 나뭇가지가 어찌나 높이 뻗었는지 구름에 닿을 정도였다. 이 나무가 바로 아비시다. 아바사에는 엄청나게 경이로운 마법이 깃들어 있었기에, 아주 특별한 아이, 젊은 리아의 보금자리이자 수호자가 되었다. 한참 지난 뒤, 이 나무와 그 주변 숲에 대한 아련한 기억 때문에, 리아의 엄마 엘런이 '모두를 위한 공동체'를 세운 뒤 그곳 사제들을 드루마디안이라고 불렀다. 그리고 비슷한 이유로, 호수 여인의 신비에 싸인 집을 새로운 아바사라 불렀다.

젊은 리아가 나중에 멀린이 된 소년에게 처음 아바사를 보여주었을 때, 그러니까 멀린의 잃어버린 시간이 시작되었을 때, 멀린은 이렇게 말했다.

빈터 한가운데에 거미줄처럼 뻗은 우람한 뿌리에서부터 솟구쳐 오른 커다란 참나무 한 그루가 서 있었다. 보이는 것보다 훨씬 오래되고, 우리가 그동안 보았던 그 어떤 나무보다도 훨씬 키가 컸다. 대여섯 그루 나무가 하나로 뭉쳐졌을 정도로 엄청나게 큰 나무등치는, 첫 번째 나뭇가지가 뻗어 나오는 곳까지만 해도 내 키보다 몇 배나 더 높았다. 그곳에서부터 나무는 위로, 위로 솟구쳐서 마침내 구름과 뒤섞였다.

낮은 쪽 나뭇가지 한가운데에 참나무 나뭇가지로 지은 리아의 공중에 매달린 자그마한 나무집이 자리 잡고 있었다. 이리저리 굽고 비틀린 나뭇가지들이 벽과 바닥과 지붕을 만들었다. 초록색 잎사귀의 어른거리는 장막이 창문마다 늘어져 있었다. 내가 밤에 이 자그마한 나무집을 처음 보았을 때가 떠올랐다. 당시 집 안에서 빛이 새어 나왔다. 폭발하는 별처럼 환하게 빛났었다.

리아는 마치 솟구치는 나뭇가지처럼 두 팔을 들어 올렸다. 그러자 그 커다란 나무가 흔들렸다. 우리 머리 위로 이슬방울이 비처럼 쏟아져 내렸다.

아일라, 바람 누이(Aylah, the Wind Sister)

멀린이 오래된 플라스크를 열자, 갑작스레 돌풍이 불고 달콤한 계피 향이 풍겼다. 멀린이 핀카이라에서 가장 진기한 생명체, 바람 누이라고 알려진 아일라를 막 구해주었기 때문이다. 늙은 마녀 돔누가 아일라를 플라스크에 가둬 버렸다. 그래서 젊은 마법사가 구해주지 않았다면 분명 목숨을 잃었을 거다. 아일라는 멀린에게 이렇게 말했다.

"난 공기 그 자체만큼이나 많은 걸 알고 있어, 엠리스 멀린. 순식간에 멀리까지 여행하기 때문이야. 잠을 자지도, 멈추지도 않아."

아일라가 말할 때마다, 따스한 산들바람이 멀린 주위를 천천히 불며, 옷자락을 나부끼고, 계피 향이 나는 바람으로 멀린을 감싸주었다. 멀린이 일곱 노래와 잃어버린 날개를 찾기 위한 여정에 나선 동안 여러 번, 아일라는 불쑥 나타나 멀린의 뺨을 가볍게 쓰다듬어주었다. 리아, 어릿광대 붐벨리와 함께 멀린을 태우고 핀카이라를 가로질러 별의 정령, 금발의 그위리를 찾으러 가주기도 했다. 한참 뒤, 다그다의 요청으로 아일라가 다시 나타났다. 이번에는 나중에 위대한 용 바질가라드가 될 자그마한 생명체와 함께 파란만장한 여행을 하게 된다. 하지만 아일라는 결코 오래 머무르는 법이 없다. 늘 바람처럼 떠돌기 때문이다.

밸리맥(Ballymag) ⫘

발톱 달린 물범, 밸리맥에 대해 멀린은 이렇게 말했다.

"이렇게 희한하게 생긴 녀석은 처음 봐."

핀카이라에서 가장 위험천만한 유령의 늪에서 살아남은 밸리맥은 그곳 늪지를 '겁나 러블리한 곳'이라고 부르며, 진흙 목욕을 무척 좋아한다. 산봉우리 요정 뉴익은 아발론 27년, 일곱 영토에서 가장 높은 산봉우리에서 멀린이 할리아와 결혼식을 올릴 때 밸리맥을 봤다는 걸 기억한다. 하지만 밸리맥이 처음 멀린을 만났을 때, 젊은 마법사가 자신을 잡아먹을지 몰라 두려움에 떨었다는 사실을 아는 사람은 거의 없다.

붐벨리(Bumbelwy) ⫘

사람들을 웃기지 못하는 어릿광대가 있다고? 붐벨리가 바로 그렇다.

멀린이 핀카이라의 음유시인들의 마을에서 붐벨리를 처음 보았을 때, 어릿광대는 사람들을 웃기려고 최선을 다했다. 하지만 두 손은 땀이 흥건하고, 어깨는 축 처지고, 등은 구부정했다. 한편, 얼굴은 완전 우거지상이었다. 챙 넓은 모자에 달린 종조차 구슬프게 울렸다. 그럼에도 어릿광대는 자신을 '유쾌한 붐벨리'라고 불렀다. 음유시인 카이르프레가 말한 것처럼, "자신의 한계를 뛰어넘어 솟구치기 위해서"였다.

멀린한테는 성가시게도, 일곱 노래를 찾기 위한 여정에 붐벨리가 합류했다. 젊은 마법사는 붐벨리를 떨쳐내기 위해 온갖 방법을 써봤지만 성공하지 못했다. 마침내, 멀린이 용 발디어그한테 잡아먹히기 직전, 붐벨리가 뜬금없이 장송곡을 부르며 슬픔을 표했다. 그런데 예상치 못하게도, 그 노래를 듣고 용이 웃음을 터트렸다. 그 사이 멀린은 용의 손아귀에서 벗어날 수 있었다. 그 뒤로, 멀린은 웃음이 필요한 순간이면 붐벨리의 노래를 떠올리곤 했다.

용이 자기가 먹은 모든 걸 음미하네
하지만 살아 있는 향응을 최고로 치지
죽기 전에 몸부림치며 비명을 지르는 자,
용의 배를 채우네.
아 용이여, 네가 먹는 건 내 친구라네!
아 슬프다, 용의 고기가 얼마나 달콤할까.

용은 뼈를 아작아작 씹어 먹는 걸 즐기지
그리고 죽어가는 자들은 소리치고 엉엉 흐느끼지
사람들은 흔적도 없이 사라지네,

깊숙한 소화기관 속으로.
아 용이여, 네가 먹는 건 내 친구라네!
아 슬프다, 용의 고기가 얼마나 달콤할까

용의 입에서 장사 지내는 내 친구,
유언조차 빼앗겼네.
저 구멍 속으로 들어가며,
그 친구의 작별 인사가 모조리 삼켜졌으니.
아 용이여, 네가 먹는 건 내 친구라네!
아 슬프다, 용의 고기가 얼마나 달콤할까

카이르프레(Cairpre) ⤙

음유시인. 유한한 생명체들의 밝은 면과 어두운 면을 모두 이해한 시인이다. 스승으로서, 엘런에게 그리스 신화를 가르쳐주었다. 또한 연인으로서, 엘런에게 평생 최고의 행복을 안겨주었다. 나중에, 젊은 시절 멀린의 멘토가 되어, 마법과 지식을 가르쳤다. 또한 멀린이 첫 번째 악기를 만드는 걸 도와주었다. 악기를 만드는 건 마법사가 되고자 하는 사람에게는 예로부터 전해오는 전통이었다. 카이르프레는 핀카이라의 마지막 전투에서 목숨을 잃었다. 그의 인품은 그가 남긴 시만큼이나 사람들로부터 큰 사랑을 받았다.

크웬(Cwen) ⤙

트릴링(treeling) 종족의 마지막 생존자. 반은 인간이고 반은 나무다. 울퉁불퉁한 피부는 나무껍질처럼 보이는 한편, 헝클어진 갈색 머리카락은 덩굴을 닮았다. 뿌리를 닮은 발은 맨발이고, 12개 혹 마디의 손가락 중 가장 작은 손가락에 낀 은반지 말고는 아무런 장신구도 하지 않았다. 흰색 옷을 입고, 바람에 휘는 나무처럼 움직이며, 봄꽃 향을 솔솔 풍긴다. 하지만 누구든 나이를 가늠할 수 있을 것이다. 겨우내 내린 눈을 품은 나무둥치처럼 등이 굽었기 때문이다. 사실, 무척 나이를 많이 먹었다.

크웬은 아주 오랫동안 **리아**의 충직한 동료였다. 둘은 드루마 숲 한가운데 있는 커다란 통나무 **아바사**의 나뭇가지 속에 함께 살았다. 그러다 크웬은 젊음을 되찾고 싶은 유혹에 굴복해, 곱스켄 무리에 리아를 넘겨주고 말았다. 다행히 리아는 가까스로 탈출에 성공했다. 둘은 **거인의 춤** 이후, 멀린이 일곱 노래를 찾는 과정에서 재회하게 된다. 그때, 크웬은 나비로 변신해, 멀린이 자신의 변신 능력을 발견하는 데 도움을 주었다. …… 리아는 마침내 크웬을 용서해준다. 이렇게 해서, **아발론** 초창기, 크웬은 **리아**와 **엘런**과 함께 모두를 위한 공동체의 최초의 거주민이 되었다.

디나티우스(Dinatius)

키가 크고 건장한 디나티우스는 '크르 베드위드'의 누추한 마을에 살았는데, 이곳은 귀네드의 바위투성이 해안에서 그리 멀지 않은 곳이다. (귀네드는 지구의 웨일스 지방의 옛 이름이다.) 디나티우스는 자기 엄마가 죽고 나서 대장장이 밑에서 줄곧 조수로 일했다. 이 마을의 다른 사내아이들보다 나이가 많고 덩치가 컸지만, 시키는 일을 제대로 하지 못했다며 대장장이의 무지막지한 손에 얻어터지곤 했다. 디나티우스의 어깨는 어른들도 들기 어려운 무거운 짐을 번쩍 들어 올릴 수 있었다. 대장간의 불을 지피는 것만으로도 뜨겁고 힘든 일이었지만 장작을 패서 실어 나르고, 풀무질하고, 무거운 철광석을 운반하기까지 했다. 그런데 디나티우스는 동네 불량배들을 이끌고 다니며 젊은 멀린은 물론 멀린과 함께 사는 신비한 여인을 자주 괴롭혔다.

멀린은 이 덩치 큰 녀석을 증오했지만, 디나티우스의 목숨을 구하기 위해 활활 타오르는 불길에 뛰어들었다. 하지만 멀린은 시간이 한참 지난 뒤에야 자신이 그 아이의 목숨을 구했는지 아닌지 알게 된다. 한편, 멀린은 그 불길에 두 눈이 상처를 입어, 새롭게 보는 방식을 배울 수밖에 없었다. 그건 마법사에게 어울리는 방식이었다. 마침내 멀린이 그 방식을 익히게 되었을 때, 디나티우스에 관한 놀라운 진실을 알게 된다.

돔누(Domnu) ⤜

핀카이라의 무시무시한 유령의 늪에 사는 이 늙은 마녀를 '아름답다'고 묘사할 수는 없다. 대머리에, 머리 가죽은 어찌나 주름이 잡혔는지 뇌의 주름이 다 드러난 것처럼 보일 정도다. 이마 한가운데에는 마치 뿔처럼 커다란 사마귀가 하나 나 있고, 이는 삐뚤빼뚤 고르지 않다. 거기에 검은 두 눈은 아무것도 볼 수 없다.

돔누라는 이름은 '어두운 운명'이라는 뜻이다. 돔누는 주머니가 많이 달린 수수한 옷을 입고 늘 맨발로 걸어 다닌다. 하지만 간결한 복장에도 불구하고,

> ···
> **돔누는 시간보다
> 더 오래되었다.**
> ···

엄청난 힘과 신비로운 분위기를 풍긴다. 사실, 돔누는 시간보다 더 오래되었다. 음유시인 카이르프레는 젊은 멀린과 심에게 돔누에 대해 이렇게 말했다.

"그 여자의 방식은 신비하고 예측 불가능해. 그 여자는 선도 악도 아니야. 친구도 적도 아니지. 그저 존재할 뿐이란다."

하지만 자비로운 측면도 지니고 있다. 돔누는 심이 깜짝 놀란 모습을 보고 기이하게 웃으며 이렇게 말했다.

"왜 무서워해야 하는지 모르겠구나. 죽는 건 처음에만 그렇지, 그다지 나쁘지 않아."

돔누는 확률과 내기를 엄청 좋아한다. 내기에서 지는 걸 몹시 싫어하는 돔누는 체스를 즐겼는데, 돔누가 사는 동굴 바닥 깔개는 빨간색과 검은색의 자그마한 사각형으로 나뉘어 있고, 이 사각형 위에는 온갖 모양의 나뭇조각들이 놓여 있었다. 동굴 벽은 사선, 점, 휘갈겨 쓴 글, 여러 방향으로 뻗은 선이 뒤덮고 있었다. 수천 개의 세모와 네모, 복잡한 교차선뿐만 아니라 여러 부분으로 나뉜 원도 있었다. 그런 표시 위와 아래, 안과 밖으로 시, 숫자, 상징이 빼곡했다.

엘런(Ellen of the Sapphire Eyes) ⤚

엘런의 삶은 여러 세계를 걸쳐 이어졌다. 유한한 지구, 잃어버린 핀카이라 그리고 아발론. 지구에서는 크르 베드위드라는 이름의 누추한 마을에 살면서 한때 브랜웬으로 불리기도 했다. 핀카이라에서는 '사파이어빛 눈동자의 엘런'이라고 알려졌다. 그리고 아발론에서는 '모두를 위한 공동체'의 설립자 엘런이 되었다. 엘런은 여러 세계의 다양한 특질을 모두 포용했다. 어쩌면 그래서 아주 다른 두 사람을 사랑할 수 있었을지도 모른다. 친절한 시인 카이르프레와 잔인한 왕 스탕마르를.

이와 비슷하게, 엘런의 정신적 신념은 각기 다른 신념의 다양성과 연결되었다. 드루이드, 기독교인, 유대인의 지혜를 한데 묶어, 뛰어난 치유자이자 음유시인이 되었다. 특히 그리스 신화를 좋아했다. 갈릴리 출신의 또 다른 치유자에 대한 이야기를 좋아한 것처럼, 모세 또는 그리스 여신 아테나에 대해 이야기하기를 좋아했다. 엘런은 가장 현명한 사람들의 존경을 한몸에 받았다. 그리고 가장 편협한 사람한테 욕을 먹었다. 사실, 엘런의 아들, 젊은 멀린은, 자신의 첫 번째 마법의 힘을 불러내 디나티우스가 끌고 다니는 어린 불량배들한테 화형당할 뻔한 엘런을 구해줬다. 멀린이 가까스로 엘런의 목숨을 구했지만, 멀린은 끔찍한 화상을 입고 그 때문에 영원히 앞을 보지 못하게 되었다. 이윽고, 엘런의 도움으로, 멀린은 완전히 다른 방식으로 보는 법을 배웠다. 마법사에게 딱 맞는 방식으로 말이다. 멀린은 눈이 아니라 마음으로 볼 수 있게 되었다.

나중에, 멀린이 땅에 심은 마법의 씨앗에서 아발론이라는 새로운 세상이 태어났을 때, 엘런과 엘런의 딸 리아는 새로운 정신적 질서를 만들어 수많은 사람을 인도했다. '모두를 위한 공동체'는 살아 있는 모든 생명체 사이에서 멋진 조화를 이루려고, 모든 생명을 지지하고 유지하는 '위대한 나무'를 보호하려고 노력했다. 이렇게 해서 사파이어빛 눈동자의 엘런은 설립자 엘런이 되었다. 엘런의 새로운 신념은 일곱 가지 신성한 요소들 위에 건설되었다. 땅, 공기, 불, 물, 생명, 명암, 신비. 이것이 다 함께 하나를 이루었다. 자신의 신념에 터전을 마련하기 위해, 엘런과 그 추종자들(리아, 한쪽 귀의 류, 카타를 포함해서)은 **스톤루트**에 주거지를 건설했다. 주거지 한가운데에는 위대한 신전이 자리 잡았다. 그 신전은 사실, 잃어버린 핀카이라에서 가져온 원형 돌무더기로, 거인의 **춤**이라고 알려졌다.

아발론 37년, 엘런의 유한한 삶의 끝에, 위대한 정령 **다그다**가 엘런에 대한 존경의 표시로 사후 세계로 가는 길을 인도해주었다. 그곳에서 엘런은 마침내 자신의 삶에서 가장 소중한 사랑, 음유시인 카이르프레와 재회하게 된다.

에르먼(Eremon)

젊은 멀린은 사냥꾼의 화살에서 수사슴과 암사슴을 구해주었는데, 이로 인해 정말 멋진 친구 둘을 만나게 된다. 왜냐하면 이들은 핀카이라의 사슴 종족이었으니까. 할리아는 멀린과 사랑하는 사이로 발전해 평생 함께 지내게 된다. 그리고 할리아의 오빠 에르먼은 처음으로 젊은 멀린을 진심으로 믿어준다. 또한 처음으로 멀린을 '젊은 매'라고 부른다. 인간의 모습으로 변했을 때, 에르먼은 긴 다리로 성큼성큼 걸어 다닌다. 물론 맨발로. 여동생 할리아와 마찬가지로, 에르먼은 짙은 갈색 눈동자, 단단한 턱을 자랑한다. 또한 서로를 알아가는 최고의 방법은 '이야기를 차례로 나누는 것'임을 알고 있었다. 그건 사슴 종족의 오래된 전통이었다.

이윽고, 에르먼은 멀린에게서 자신의 모습을 보게 된다. 에르먼이 "젊은 매, 넌 어떻게 네 잘못에 대해 그렇게 많이 알고 있지?"라고 묻자 "나한테도 여동생이 있거든."이라고 대답했을 때 이러한 공감대는 더 깊어진다.

마침내, 에르먼은 '불의 날개' 발디어그의 공격으로부터 핀카이라를 지켜내려는 멀린을 도와주기로 결심하고 이렇게 말했다.

"우리 사슴 종족은 아주 오랫동안 너희 인간에 대한 두려움과 분노를 안고 살아왔어. 널 도와주는 것이 인간과 우리를 결속시키는 데 도움이 될지 어떨지 난 몰라. 하지만 다른 생명체를 도와주는 것이 바른 일이라는 건 나도 알고 있어. 그 발자국의 모양이 어떻든 상관없이 말이야. 그러니까 난 하겠어."

갈라토(Galator) ⌁

잃어버린 시간 초기, 젊은 멀린이 꿈속에서 갈라토를 처음 보았을 때, 멀린은 그 펜던트가 달빛이 아니라 그 자체의 빛으로 빛난다는 걸 알아차렸다. 펜던트 한가운데 박힌 수정은 평범한 초록색이 아니었다. 보라색과 파란색이 펜던트 표면 아래에서 마치 시냇물처럼 흐르고 있었다. 그러면서도 반짝이는 붉은색이 수천 개의 자그마한 심장과 함께 고동쳤다. 마치 이글이글 불타며 살아 있는 눈동자 같았다.

이 펜던트는 전설로 내려오는 핀카이라의 마지막 보물이었다. 핀카이라와 아발론을 이어주는 오랜 역사를 지녔다. 이 펜던트의 여정에는 수많은 사람이 연결되어 있었다. 사파이어빛 눈동자의 엘런은 목에 걸고 있던 이 펜던트를 멀린에게 주었다. 카이르프레가 찾아내고, 돔누가 훔쳐갔다. 멀린이 크리릭스와 싸우는 동안 용암에 파묻혀 있다가 위대한 정령 다그다가 구해냈다. 리아가 아발론으로 가지고 간 이 초록색 펜던트는 결국 호수 여인, 호수 여인의 친구 뉴익, 젊은 사제 엘리가 지니게 된다. 이처럼 수많은 사람의 손을 거쳤지만, 오직 엘리만 이 보석이 지닌 위대한 힘을 제대로 사용할 수 있었다. 즉, 아주 멀리 떨어져 있는 사랑하는 사람과 대화를 나눌 수 있었다. 갈라토의 마법은 사랑하는 이들이 공간과 시간의 제약을 뛰어넘어 서로를 보고 들을 수 있게 해주기 때문이다.

곱스켄(Gobsken) 🍴

아주 선한 전사이면서 동시에 아주 나쁜 동료를 찾고 있는가? 그렇다면 곱스켄이 딱이다! 끔찍한 입 냄새를 견딜 수 있다면 말이다. 곱스켄은 쩍 벌어진 어깨, 근육질 손, 회녹색 피부에 눈이 단추 구멍만 하다. 손가락 세 개 달린 손은 주먹을 쥐거나 칼날이 넓적한 칼 손잡이를 거머쥐었을 때 가장 편안하다.

> 곱스켄은 두려움, 욕망, 탐욕에 반응한다.

곱스켄은 끔찍할 정도로 잔인하고 화를 무척 잘 내는 건장한 생명체로, 두려움, 욕망, 탐욕에 반응한다. 늘 예의라고는 조금도 없지만, 때때로 끈기 있고 현명하게 행동하기도 한다. 그래서 주술사 쿨위크와 쿨위크가 모시는 주인, 정령의 장군 **리타** 고르에게는 이상적인 동맹군이다.

그랜드 엘루사(Grand Elusa) 🍴

거대한 흰 거미. 잃어버린 핀카이라의 안개 자욱한 언덕에 살았다. 힘이 셀 뿐만 아니라 식욕도 왕성하다. 젊은 멀린을 몇 차례 중요한 순간에 마주했지만, 아발론 사람들은 **사파이어빛 눈동자의 엘런**을 위해 그랜드 엘루사가 직접 만들어준 반짝이는 실크 가운으로 이 거미를 기억한다. 그 가운은 모두를 위한 공동체의 대사제가 입는 전통 복장이 되었다. 엘런의 딸 **리아**(리아논)와 **코에리아**가 그 옷을 입었지만, 어쩌면, **엘리**(엘리리아나)라는 이름의 3등급 젊은 수습 사제보다 그 화려하고 우아한 디자인의 옷을 사랑한 사람은 아마도 없을 것이다.

금발의 그위리(Gwri of the Golden Hair) ⤳

별의 정령. 젊은 멀린이 핀카이라의 드루마 숲에서 리아를 만난 날, 리아는 숲의 진귀한 나무로 멀린을 데리고 간다. 그건 소모사 나무로, 그 나뭇가지에는 온갖 열매가 주렁주렁 달렸다. 리아는 이곳을 자신의 정원이라고 소개했다. 그러고는 머리 위의 또 다른 정원, '별들의 정원'을 가리키며, 핀카이라 하늘의 경이로움에 대해 말해주었다. 별들이 아닌, 별들 사이의 어두운 공간으로 이루어진 별자리. 과거와 미래를 나누는 시간의 강. 금발의 그위리로 알려진 별.

나중에, 일곱 노래를 찾아 떠난 모험에서, 리아와 멀린은 밝은 눈의 여인을 마주하게 된다. 깜짝 놀랍게도, 바로 그 별의 정령이었다. 그위리는 공간과 시간을 가로지르는 도약의 힘에 대해 이들에게 알려줬다. 또한 젊은 마법사에게 시간을 거슬러 살고 싶은 꿈을 이루는 데 필요한 지식을 전해주었다. 무엇보다, 금발의 그위리는 멀린이 모든 사물이 서로 연결되어 있다는 걸 이해하도록 도와주었다. 그위리는 이렇게 말했다.

"모든 언어, 모든 노래는 위대하고 영광스러운 별의 노래의 한 부분이란다."

그위리는 멀린의 지팡이에 '원 안의 별 이미지'를 남겼다. 이것은 바로 공간과 시간을 초월해 마법으로 여행하는 상징이 되었다. 그리고 나중에 멀린의 아들 크리스탈루스는 아발론의 유명한 지도 제작자 학교의 상징으로 선택했다.

귀니아(Gwynnia) ⤳

핀카이라의 '마르지 않는 강' 강둑 위에서 바위 하나가 꿈틀대며 금이 갔을 때, 귀니아는 아기 용으로서의 삶을 시작했다. 바위처럼 생긴 알 밖으로 기어 나와, 용암처럼 이글거리는 세모난 오렌지색 눈을 깜빡였다. 용은 발톱 하나를 들어 올려, 이마 위의 연노란 혹을 긁적이려 했다. 하지만 용은 목표물을 비켜 나가 부드러운 주둥이를 찌르고 말았다. 용은 낑낑거리며 고개를 흔들었다. 그러자 기다란 푸른색 귀 두 개가 펄럭이며 얼굴에 닿았다. 이상하게도, 용이 동작을 멈추었을 때, 오른쪽 귀는 다시 아래로 내려가지 않았다. 대신, 오른쪽 귀는 옆으로 툭 튀어나왔다. 귀라기보다는 차라리 뿔에 가까웠다.

역사상 가장 무시무시한 '불의 날개' 발디어그의 딸, 귀니아의 여정은 이렇게 시작되었다. 귀니아는 젊은 마법사 멀린의 도움으로 잔혹한 학살에서 목숨을 구할 수 있었다. 이후 귀니아는 사슴 여인 할리아와 우정을 쌓고, 핀카이라를 구하기 위한 마지막 전투에서 중요한 역할을 하게 된다.

할리아(Hallia) ⌇

사랑스러운 사슴 여인. 멀린은 할리아를 이렇게 표현했다.
"별이 총총한 하늘보다 사랑스럽고, 춤추듯 흐르는 강물보다도 우아하다."

잃어버린 핀카이라의 사슴 종족 출신으로, 사랑하던 오빠가 목숨을 잃은 그해, 평생 가장 가까운 동반자가 될 남자, 멀린을 만났다. 부모님이 인간들의 손에 목숨을 잃었기에, 처음에는 멀린을 믿지 못했다. 하지만 이내 '젊은 매'라 불리는 이 남자를 믿게 되고 어느덧 사랑하는 사이가 되었다. 할리아는 멀린에게 사슴처럼 달리는 법, 귀가 아니라 뼈로 듣는 법을 가르쳐주었다. 또한 이야기를 짓는 사슴 종족의 전통, '카

펫 카에로츨란'이라고 부르는 이야기의 태피스트리에 대한 진실도 들려주었다. 무엇보다도, 할리아는 멀린에게 사랑을 알려주었다. 멀린이 자신의 첫 번째 진정한 고향 핀카이라를 떠나 유한한 지구의 카멜롯으로 가기로 결심했을 때, 사랑하는 할리아 곁을 떠나는 게 가장 힘들었다. 멀린은 반드시 돌아오겠다고 맹세했다. 할리아는 매일 바람 소리에 귀기울이며 멀린이 돌아오는 날을 기다리겠다고 약속했다.

마침내 멀린은 **아발론**으로 돌아와, 아발론 27년에 할리아와 결혼을 한다. 둘은 일곱 영토에서 가장 높은 봉우리 꼭대기에서 결혼식을 올렸는데, 젊은 마법사는 그 봉우리를 '할리아의 산봉우리'라고 이름 지었다. 그해 늦게, 아들 **크리스탈루스**가 태어났다. 한참 지난 뒤 크리스탈루스는 아들을 얻게 되는데, 그 이름은 **탬윈**으로, 할리아의 피를 이어받은 덕분에 사슴처럼 빠르고 우아하게 달릴 수 있었다.

사슴처럼 달리면 어떤 느낌일까? 멀린은 이렇게 적었다.

그전까지 전혀 들어보지 못한 소리들이 끊임없이 내게로 쏟아져 들어왔다. 내 발굽이 끊임없이 쿵쾅거리는 소리뿐만 아니라, 나보다 저만큼 앞서 달려가는 사슴 두 마리가 함께 보조를 맞추어 걷는 발굽 소리도 또렷하게 들려왔다. 또한 땅을 통해 울려 퍼지는 진동도 전달되었다. 달리는 중에도, 속삭이는 듯한 잠자리 날갯짓 소리와 들쥐가 서둘러 허둥지둥 달아나는 소리도 알아차릴 수 있었다. 태양이 서쪽 언덕에 가까이 내려앉을 때, 내 청력이 감각적인 두 귀 너머로까지 뻗어 나간다는 사실을 깨달았다. 신비롭게도 나는 소리뿐만 아니라 땅 그 자체도 듣고 있었다. 두 귀가 아니라 온몸으로 들을 수 있었다. 발굽 아래의 긴장과 유연함, 바람의 흐름, 기어 다니거나, 주르르 미끄러져 가거나, 날아가거나 달리면서 이 초원을 공유하고 있는 그 모든 생명체 사이의 은밀한

상호작용을……. 그걸 들을 뿐만 아니라 감탄해 마지않았다. 우리는 다 함께 단단하게 묶여 있으니까. 마치 풀포기가 땅에 묶여 있는 것처럼.

크리릭스(Kreelixes) ⤣

젊은 멀린은 전설적인 '수선공의 마가목' 아래에서 마법의 악기를 완성했다. 음유시인 카이르프레, 엘런과 리아가 초조한 눈빛으로 멀린이 악기 줄을 처음으로 튕기는 모습을 지켜보았다. 갑자기, 귀청이 찢겨 나갈 것 같은 커다란 울음소리가 숲이 우거진 언덕을 가로질러 울려 퍼졌다. 싸늘한 돌풍이 불어와 마가목 가지를 부러뜨렸다. 나뭇잎과 나무 열매가 둔덕 위로 우수수 쏟아져 내렸다. 이윽고 커다란 박쥐를 닮은 날개 달린 시커먼 짐승 하나가 하늘에서 불쑥 튀어나왔다. 크리릭스다!

멀린은 그 공격에서 겨우 살아남았다. 하지만 그 굽은 날개, 시뻘건 입, 혈관이 드러난 귀, 치명적인 엄니에 대한 기억을 결코 잊을 수 없었다. 그날, 멀린은 그 치명적인 엄니가 스치기만 해도 마법의 생명체는 힘을 잃고 죽게 된다는 걸 알게 되었다. 크리릭스는 오직 한 가지 목표만을 위해 존재하기 때문이다. 즉, 어떤 형태의 마법이든 모조리 먹어치운다.

아주 오래전부터, 마법사들은 이 마법을 잡아먹는 짐승과 직접 싸우지 않으려 했다. 자신들의 마법뿐 아니라 목숨도 잃을 수 있다는 걸 잘 알고 있었기 때문이다. 바질가라드처럼 용감한 생명체만이 크리릭스를 피하지 않았다. 마법의 칼 '디퍼컷'조차도 소용이 없었다. (사실, 디퍼컷은 백 년 이상 숨겨져 있었는데, 그건 바로 크리릭스가 찾아내 파괴하지 못하도록 하기 위해서였다.) 그렇다면 멀린이 어떻게 그런 짐승을 상대로 싸워 이길 수 있단 말인가? 멀린은 그 방법을 반드시 알아내야 한다. 크리릭스가 또 공격해오기 전에 말이다.

경쾌한 비행사(Light flyers) ⋙

아발론에서 보기 드문 자그마한 몸집의 빛나는 생명체. 머드메이커가 잃어버린 핀카이라에서 온 경쾌한 비행사들을 본떠서 만들었다. 이들의 주름진 날개는 방을 환히 밝힐 만큼 밝게 황금빛으로 고동친다. 경쾌한 비행사 열두 명이 호수 여인 곁을 늘 따라다니고, 이따금 그 머리 위에 앉아 있다는 소문이 자자했다.

살아 있는 바위(Living Stones) ⋙

뭐든 닥치는 대로 잡아먹는 이 바위는 핀카이라 또는 아발론에 살았던 생명체 중에서 가장 기이하고 위험한 존재다. 젊은 마법사 멀린(그리고 나중에, 무모한 홀라 헤니)이 알아차린 것처럼, 살아 있는 바위는 먹잇감을 재빨리 먹어치울 수 있었다. 이 바위는 그랜드 엘루사로 알려진 하얀 거미를 제외하고는 그 어떤 생명체도 겁내지 않는다. 그랜드 엘루사는 배고플 때면 여우가 알을 먹듯 아주 쉽게 돌을 쪼개 한꺼번에 세 개씩 먹어 버린다.

멀린이 나타나기 전까지, 살아 있는 바위는 먹잇감을 소화하는 데 아무런 문제도 없었다. 젊은 마법사가 돌에 기대 잠이 들었다 깨어보니, 바위의 배 속에 있었다. 하지만 멀린의 강력한 내적 마법 때문에 바위는 소화시키지 못했다. 살아 있는 바위는 멀린을 유혹했다.

"돌이 되어라, 젊은이. 돌이 되어 세상과 하나가 되어라."

하지만 멀린은 거부하며 이렇게 주장했다.

"아니! 나는 멀쩡히 살아 있어. 지금은 비록 바위 안에 둘러싸여 있더라도. 나는 변하고 싶어. 움직이고 싶어. 돌이 할 수 없는 그 모든 걸 하고 싶어."

결국 살아 있는 바위는 멀린을 놓아주었다. 하지만 이내 멀린에게 완전히 새로운 시각을 알려주었다.

넌 아는 것이 너무 없어, 젊은이! 돌은 변신의 진정한 의미를 이해해. 나는 별 안에 녹아들어 살고 있어. 불꽃을 내뿜었어. 혜성의 꼬리 안에 세상을 둥글게 에워쌌어. 영겁의 시간 속에서 굳어 단단해졌지. 나는 빙하로 산산이 부서지고, 용암에 갇히고, 바닷속 평원을 가로지르며 쓸려갔어. 오직 다시 표면 위로 솟구치기 위해서. 흐르는 강 위로. 나는 갈기갈기 찢기고, 내팽개쳐지고, 솟아올라서, 각기 다른 곳에서 온 돌과 만났어. 번개가 내 얼굴을 내리치고, 지진이 내 다리를 찢어놓았지. 하지만 여전히 난 살아 있어. 왜냐하면 난 돌이니까.

한쪽 귀의 류(Lleu of the One Ear) ⌇

잃어버린 핀카이라에서 고아로 지내던 류는 팔 대신 칼날을 달고 다니는 **쌍칼잡이**한테 무자비한 공격을 받았다. 한쪽 귀를 잃게 된 류는 자기보다 몇 살 많은 젊은 마법사 멀린을 따르게 된다. 둘은 친구가 되고, **리타 고르**와 치열한 싸움을 하던 멀린에게 아주 중요한 도움을 준다. 이 싸움으로 핀카이라 사람들은 잃어버린 날개를 되찾을 수 있었다.

멀린이 뿌린 마법의 씨앗에서 아발론이라는 새로운 세상이 싹트고 난 뒤, 한쪽 귀의 류는 엘런과 리아를 따라 '모두를 위한 공동체'를 만드는 데 힘썼다. 트릴링 종족의 마지막 생존자 크웬, **오거 사냥꾼 카타**와 함께 엘런의 최초(원년) 사제 중 하나가 되었다. 한쪽 귀의 류는 아발론 131년에 리아와 멀린과 함께 위대한 나무 안쪽으로의 기이한 여행을 했다. 이 여행을 통해 드루마디안 사람들은 생명을 주는 나무의 수액이자 불가해한 힘의 원천 '엘라노'를 발견한다. 이 경험을 바탕으로 자신의 역작 〈시클로 아발론〉을 썼다. 그 책에는 엘라노의 역할뿐만 아니라 일곱 신성한 요소들과 아발론 전역에 있는 관문에 대한 자세한 묘사가 나와 있다. 수 세기 동안, 이 책은 모든 드루마디안 사람들에게 최고의 서적으로 남았다.

잃어버린 날개(Lost Wings) ⟆

아주 오래전, 핀카이라 초창기에, 사람들은 하늘을 날 수 있었다. 유한한 삶을 살았음에도, 이들은 '천사의 날개'를 지녔다. 멀린은 이런 사실을 음유시인 카이르프레로부터 전해 들었다. 그런데 왜 사람들은 날개를 잃게 되었을까? 잃어버린 시간 동안, 그 이유는 멀린에게 수수께끼로 남아 있었다. 어깻죽지 사이에서 느껴지는 통증처럼. 이 수수께끼를 풀기 위해 젊은 마법사는 잊힌 섬으로 가야 했다. 마침내 멀린은 '마법사의 날개'라 부르는 모험에서 성공을 거두고 영광스러운 날개를 되찾는다. 하지만 이윽고 적에게 그 날개를 주겠다고 제안한다. 그렇게 함으로써 잃는 것보다 더 많은 걸 얻을 수 있다는 걸 깨달았기 때문이다.

잃어버린 시간(Lost Years) ⟆

멀린의 잃어버린 시간은 수 세기 동안 베일에 싸여 있었다. 이 기간에, 멀린은 12살에서 17살로 성장했다. 또한 몰라보게 달라졌다. 거의 초죽음이 되어 바위투성이 해안가에 휩쓸려 온 소년에서 훌륭한 젊은 마법사가 되었다. 이 시기 초창기에, 멀린은 집도 없고, 이름도 없고, 과거는 물론 미래에 대한 아무런 단서도 없었다. 하지만 이 시간이 끝날

즈음, 카멜롯의 마법사, 아서 왕의 멘토, 모든 시대를 통틀어 가장 위대한 마법사가 될 역량을 쌓았다.

멀린이 결국 지구에 정착하게 되었지만, 젊은 시절 대부분을 핀카이라에서 보냈다. 멀린에게 핀카이라는 마음의 고향이었다. 안개 너머 우뚝 솟은 핀카이라는 멀린을 받아주고, 멀린의 열정과 마법을 발견하도록 도와주었다. 또한 핀카이라는 또 다른 마법의 영토, 아발론을 탄생시켰다. 멀린이 직접 심은 씨앗에서 아발론이 태어난 것이다. 핀카이라에 사는 동안, 멀린은 가장 소중한 교훈을 얻게 된다. 즉, 자연의 경이로움, 마법의 일곱 노래, 사물의 겉모습 너머를 보는 것의 중요성, 사랑의 놀라운 힘까지. 그리고 이 기간에, 멀린은 평생 소중한 친구들을 얻었다. 여기에는 리아, 트러블, 카이르프레, 할리아, 에르먼, 엘런, 심이 포함된다. 멀린이 마침내 핀카이라를 구했을 때, 이제 그곳을 떠나야 한다는 생각에 몸서리쳤다. 자신의 잃어버린 시간의 세상은 멀린의 첫 번째 고향이었기 때문이다.

멀린(Merlins, Olo Eopia) ⤚

아주 오래전, 소년 하나가 외딴 바위투성이 해안에 떠밀려 왔다. 바다는 그 소년에게서 모든 것을 빼앗아갔다. 죽음의 문턱에서 기억을 잃었다. 자신이 누군지 전혀 알지 못했다. 이름조차도 알지 못했다. 처음 눈을 뜨고 바위투성이 해안, 그리고 머리 위에서 요란스레 울어대는 갈매기를 보았을 때, 이 소년이 살아남아 마법사가 되리라고는 누구도 알지 못했다. 하지만 사실, 모든 시대를 통틀어 가장 위대한 마법사가 되어 핀카이라, 아발론, 지구의 수많은 사람으로부터 존경받는 사람이 될 것이다. 왜냐하면 그 소년이 자라서 카멜롯의 현명한 마법사, 아서 왕의 스승, 아발론이 될 운명을 지닌 마법의 씨앗을 심는 멀린이 될 테니 말이다.

잃어버린 젊은 시절 동안, 멀린은 많은 것을 얻고 또한 많은 것을 잃었다. 소중한 친구 **리아**, 트러블이라는 이름의 매, 거인 **심**과 함께 '거인의 춤'을 목격했다. 일곱 노래의 수수께끼를 풀어 핀카이라 사람들의 잃어버린 날개를 되찾았으며, **할리아** 덕분에 사슴처럼 우아하고 빠르게 달리는 법을 배웠다. 또한 현명하고 평화로운 정령 **다그다**, 정령의 장군 **리타 고르**도 만났다. 마침내, 어머니 **엘런**, 아버지 스탕마르, 스승 음유시인 카이르프레를 만나게 되었다. 또한 고군분투하며 힘겹게 '시각'과 '통찰력'의 차이를 깨달았다. 이 과정을 통해 멀린은 자신 안에 어둠과 빛이 동시에 존재한다는 사실을 발견했다. 젊음과 늙음, 남자와 여자, 유한과 무한 등 서로 반대처럼 보이는 다른 자질도 알아차렸다. 마침내, 자신의 진짜 이름을 얻었다. 올로 에오피아. '수많은 세계, 수많은 시간의 위대한 인간'이라는 뜻. 그것은 다그다가 아발론 탄생의 순간에 멀린에게 들려준 이름이다. 왜냐하면 우주가 완벽한 것처럼 진정으로 완벽한 존재이기 때문이다.

지구로 떠나기 전(그곳에서 멀린은 그 유명한 카멜롯의 마법사, 젊은 아서 왕의 멘토가 될 것이다.) 멀린은 마법의 씨앗을 하나 심었다. 그 씨앗이 어마어마한 크기의 나무로 자라, 그 자체로 하나의 세상이 되었다. 아발론의 위대한 나무가 바로 그것으로, 탬윈, 엘리, 스크리, 귀리온, 팰리미스트, 바질가라드 등 수많은 생명체의 고향이 되었다. 멀린은 종종 아발론으로 돌아왔는데, 때로는 변장하고 오기도 했다. 하지만 멀린이 아발론을 오랫동안 떠나 있었다 할지라도, 그 영향력은 여전히 남아 있었다. 멀린의 또 다른 고향, 그러니까 지구라는 유한한 영토에서도 마찬가지였다.

니뮤에(Nimue) ⌇

멀린이 핀카이라의 유령의 늪에서 이 여자 마법사와 싸울 때, 자신의 미래를 알려준 마법의 거울을 구하려 했다. 또한 자신의 운명을 구하기 위해 싸웠다. 아주 먼 미래에서 온 누군가를 방금 만났기 때문이다. 만나리라고는 전혀 예상하지도 못했던 누군가를 말이다. 그 사람은 지구의 수정 동굴에서 니뮤에한테 영원히 갇히지 않는 법을 말해주었다.

니뮤에가 멀린을 바라보며 사악하게 씩 웃을 때, 멀린은 아주 오래전 일곱 노래를 찾는 여정에서 플루톤의 빵집에서 만났던 사과 빛깔 뺨 소녀의 모습에서 얼마나 많이 달라졌는지 떠올렸다. 하지만 외모만 바뀌었을 뿐인지도 몰랐다. 왜냐하면 브레드 마스터 플루톤이 진짜 이름의 마법을 설명하는 동안, 니뮤에는 멀린의 지팡이를 훔치려 했다. 그리고 지금, 유령의 늪에서, 다시 한번 지팡이를 노렸다. …… 거기에 멀린의 목숨까지.

목숨을 구하기 위해서는 마법사의 힘 이상이 필요했다. 사슴 여인 할리아의 사랑, 용 귀니아의 충직함, 그리고 늪지 유령들의 놀라운 보답이 필요했다. 거기에 또 하나가 필요했는데, 그건 바로 멀린의 말썽쟁이 그림자의 도움이었다.

오니알레이(Ohnyalei) ⌇

멀린의 지팡이. 멀린의 지팡이는 원래 잃어버린 핀카이라의 드루마 숲에 있는 마법의 솔송나무에서 왔다. 처음, 멀린은 그 지팡이가 나중에 어떤 힘을 지니게 될지 전혀 몰랐다. 그 뒤로 줄곧, 심지어 수 세기가 지난 이후에도 달콤하면서도 톡 쏘는 솔송나무 향을 품고 있었다. 그 향은 멀린에게 자신의 첫 번째 고향을 떠올리게 했다. 멀린과 함께 모험하며, 투아하의 도움으로 지팡이는 일곱 개의 룬 문자를 얻었다. 그 룬 문자는 마법의 일곱 노래를 상징하는 것으로, 마법사가 익혀야 하는 가장 위대한 이데아였다. 룬 문자의 상징은 다음과 같다. 나비는 변화를, 하늘을 솟구치는 매 한 쌍은 결속을, 금이 간 돌은 보호를, 칼은 이름을, 원 안에 든 별은 도약을, 용의 꼬리는 제거를, 눈은 시각을 나타낸다. 지팡이가 핀카이라에 있는 동안에 룬 문자는 으스스한 푸른 빛으로 빛났다. 그 뒤 아발론에서는 초록빛으로 바뀌었다.

지팡이는 멀린 곁을 떠난 적이 거의 없었을 뿐만 아니라 그 자체의 놀라운 힘과 지혜를 얻었다. 그래서 멀린은 이 지팡이를 오니알레이라고 부르기로 했다. 그 말은 핀카이라의 옛 언어로 '은혜의 정령'이라는 뜻이다. 멀린은 지팡이의 지혜와 은혜를 믿고 스크리라는 이름의 독수리 소년에게 지팡이를 맡겼다. 멀린과 아발론의 진정한 후계자의 운명을 떼어놓을 수 없었기 때문이다.

올웬(Olwen)

아주 오래전 핀카이라에서 인어 여인 올웬은 마법사 투아하(멀린의 할아버지)를 너무 사랑했기에, 고향과 자기 종족을 떠나 사랑하는 사람에게 가기로 결심했다. 정말 큰 용기가 필요한 일이었다. 인어 종족은 이런 결정을 내린 올웬을 처음에는 비웃었지만, 결국 사랑의 힘을 존중해 주었다. 시간이 한참 지나, 인어 종족은 올웬의 기억을 떠올려 바다에 기적의 다리를 놓아 올웬의 손자 멀린이 건너가게 해주었다. 이 다리는 멀린의 목숨을 구했을 뿐만 아니라, 멀린이 핀카이라 사람들의 잃어버린 날개의 수수께끼를 마침내 풀 수 있게 해주었다.

올웬의 동정심 덕분에, 투아하는 마침내 멀린이 일곱 노래를 찾는 걸 도와주기로 한다. 일곱 노래를 찾는 여정에서 멀린의 지팡이 **오니알레이**는 놀라운 힘을 얻게 된다. 그리고 멀린은 지혜를 깨닫게 되고 이 것은 결국 나중에 심장처럼 고동치는 마법의 씨앗을 얻는 발판이 된다. 그 씨앗은 결국 **아발론의 위대한 나무**로 자라게 될 것이다.

플루톤(Pluton) ⪡

제빵사의 지위를 허리둘레로 잴 수 있다면, 핀카이라의 브레드 마스터 플루톤은 당연히 최고라 할 수 있다. 살집이 좋고 뺨이 불그레한 금발의 남자, 플루톤은 수년 동안 매일 그랬듯이 마을의 빵 분수에서 커다란 물 주전자 두 개를 채우던 중 젊은 **멀린**이 불가능에 가까운 일을 하는 모습을 보게 되었다. 즉, 멀린은 굶주린 거친 사내 녀석 둘이 서로 자기가 빵을 먹겠다고 싸우는 걸 말리고 해결책을 제시해주었다. (멀린은 그냥 각자 한 입씩 번갈아 베어 먹으라고 말했다. 안 그러면 자기가 빵을 다 먹어 버리겠다면서.) 그 모습에 깊은 인상을 받은 플루톤은 멀린에게 빵 굽는 방법을 알려주겠다고 제안한다. 멀린은 빵 굽는 법이 결국은 삶에 대해 배우는 데 매우 유용하다는 사실을 깨닫게 된다.

"모든 건 재료를 아는 것에서부터 시작하는 법이야."

이게 플루톤의 첫 번째 규칙이었다. 이 규칙은 멀린이 자신의 첫 번째 '하트 브레드'를 준비하는 데, 또한 **니뮤**에라는 이름의 소녀가 물건을 훔치는 걸 멈추는 지침이 되었다. 더불어 멀린이 마법의 일곱 노래 중 하나인 진짜 이름이 지닌 힘을 이해하도록 해주었다. 그러다 멀린은 자신의 잃어버린 시간 동안 내내 지니고 다니게 될 칼을 발견했다. 한참

이 지난 뒤에, 멀린은 **카멜롯**의 젊은 **아서** 왕을 위해 그 칼을 돌에 꽂아두게 된다.

리아(Rhia) ⌇

리아논이라고도 불린다. 어린 시절, 리아는 큰 변화를 겪었다. 갓난아이 때, 잃어버린 **핀카이라**의 드루마 숲에서 실종되었다. **아바사**라는 이름의 커다란 참나무의 보호 아래 나무, 강, 돌의 언어를 말하는 법은 물론이고 귀 기울여 듣는 게 얼마나 중요한지도 배웠다. 열두 살이 되어 잃어버린 오빠를 만났다. 그 뒤로 **거인의 춤**에 오빠와 함께했다. 그리고 결국 오빠를 도와 **리타** 고르를 자신들의 세상에서 쫓아냈다. 리아는 또한 오빠에게 멀린이라는 새로운 이름도 지어주었다. 앞으로 두 사람이 함께 겪을 모험에서, 리아는 멀린에게 더 중요한 것을 주는데, 그것은 멀린으로 하여금 수많은 세계에 영감을 줄 일종의 지혜가 된다.

리아는 엄마 **엘런**과 함께 '모두를 위한 공동체'를 세워 **아발론** 사람들을 이끌었다. 모두를 위한 공동체(그곳 사제들은 드루마디안이라고 불렸는데, 드루마 숲을 기리며 지은 이름이다.)는 두 가지 기본적인 원칙을 바탕으로 세워졌다. 첫 번째 원칙은 모든 살아 있는 생명체는 서로 존중하며 소화롭게 힘께 살아야 한다는 것, 두 번째 원칙은 사람들은 온갖 생명을 품어주는 **위대한 나무**의 보호를 위해 노력해야 한다는 것이다. 엘런이 죽고 나서 리아가 대사제가 되었다. 아발론 131년에 멀린과 한쪽 귀의 류와 함께 위대한 나무 깊숙한 곳으로 여행을 하고 난 뒤, 리아는 생명을 주는 무한한 힘의 원천, 엘라노를 추종자들

> ⚫⚫⚫
> **리아는 오빠에게 멀린이라는 새로운 이름도 지어주었다.**
> ⚫⚫⚫

에게 내놓았다.

'폭풍의 전쟁'을 겪으며, 리아는 드루마디안 사람들의 엄숙함에 환멸을 느낀다. 결국, 공동체를 자신의 정신적 뿌리로 되돌리는 데 실패하고, 대사제 직을 내려놓고 가까운 친구들의 슬픔을 뒤로 한 채 홀연히 떠났다. 리아가 어떻게 되었는지는 미스터리로 남았다. 충실한 메리스, 뉴익이라는 이름의 산봉우리 요정조차도 리아가 어디로 갔는지 알지 못했다. 어쩌면 유한한 지구로 여행을 떠나 멀린과 합류했을지도 모른다. 어쩌면 아무도 모르게 아발론을 떠돌아다니다가 혼자 쓸쓸히 죽었을지도 모른다. 아니, 아발론 어딘가에 살아 있을지도 모른다.

마법의 일곱 노래(Seven Songs of Wizardry) 🍴

엄마 엘런의 목숨을 구하겠다는 희망을 품고, 젊은 마법사 멀린은 말하는 조개의 해변에서부터 위대한 나무 아바사에 이르기까지, 이 마법의 룬 문자를 찾아 여행을 나섰다. 멀린은 이 노래를 제대로 이해하기 위해 고군분투하던 중, 마음속에서 **투아하**의 목소리를 들었다. 투아하는 이렇게 선언했다.

> *마법의 일곱 노래,*
> *하나의 멜로디와 수많은 멜로디가,*
> *그대를 사후 세계로 인도할 것이다.*
> *비록 그대에게 아무런 희망이 없다 할지라도……*

마침내, 멀린은 이 노래가 마법의 정수를 드러낸다는 걸 알아차렸다. 즉, 각각의 노래의 영혼에는 멀린에게 꼭 필요한 지혜가 담겨 있었다.

멀린은 엄마를 구할 유일한 희망인 **사후 세계**로 가는 비밀 통로를 찾기 전에 일곱 노래 모두를 익혀야 한다는 경고를 받았었다. 하지만 슬프게도, 멀린은 그 경고를 무시했다. 그래서 변신, 결속, 보호, 이름, 도약, 살생, 시력의 힘에 대해 약간 배웠지만, 멀린은 그중에서 가장 중요한 교훈을 깨닫기 위해 리아의 도움이 절실히 필요했다.

심(Shim) ⟿

아발론에서 오랫동안 살아온 유한한 생명체 중 하나. 나중에 멀린이 된 젊은이와 아주 가까운 친구가 되었다.

키가 인간의 무릎 정도밖에 안 되고, 소인보다 작았지만, 심은 늘 자신이 거인이라고 주장했다. 물론, 그 말을 믿는 사람은 아무도 없었다. 그러다 마침내 거인으로서의 완전한 크기로 자라는 비밀을 찾아냈다. 그래서 심이 가장 좋아하는 표현을 빌리자면, '가장 높은 나무보다 더 크게' 자랐다.

핀카이라의 격동의 시간, 심은 리아, 용감한 매 트러블과 함께 젊은 멀린의 가까운 동료였다. 그 **잃어버린 시간** 동안, 심은 멀린이 끔찍한 슈라우디드 성을 파괴하게 도와주었다. 또한 **거인의 춤**이라고 알려진 싸움에서 사악한 장군 **리타 고르**를 물리치는 데 일조했다. 그 뒤에도 멀린과 함께하는 심의 모험은 계속되었다. 핀카이라 사람들이 잃어버린 날개를 되찾고, 아발론이 탄생한 뒤에도 한참 동안이나 이어졌다. 거인 심은 음유시인들의 이야기와 노래에서 유명해졌을 뿐만 아니라 동료 거인들 사이에서도 영웅이 되었다.

그러다 모든 게 변했다. 아발론 498년 '메마른 봄 전투'에서 심은 우연히 또 다른 거인의 목숨을 구해주게 된다. 거인 마법사 주볼다의 첫째 딸, 본로그 마운틴 마우스를 공격하던 전사들 위에 쓰러졌다. 본로그는 심에게 입을 맞추며 감사의 뜻을 표하려 했다. 하지만 침을 뚝뚝 흘리는 거대한 입을 보자마자, 심은 두려움에 비명을 지르며 산악 지대로 달아나 버렸다. 모욕을 당한 본로그는 사납게 그 뒤를 쫓아가, 수년 동안 심을 찾아 헤맸지만 성공하지 못했다.

심은 본로그 마운틴 마우스를 피하기는 했지만, 새로운 불운을 마주했다. 영문도 모른 채, 끊임없이 몸집이 줄어들었다. 마침내 숨어 있던 산속에서 모습을 드러냈을 때, 심은 다시 한번 소인 크기로 줄어들었다. 자신이 '완전히 줄어들었다'며 비참하게 통곡했다. 비록 볼록한 코는 그대로였지만, 이제 심을 알아보는 사람은 거의 없었다. 심은 백발의 늙은 소인처럼 보인다. 소리도 제대로 듣지 못하고, 무슨 말을 하는지도 제대로 알아먹을 수 없다. "확실히, 분명히, 완전히."

스탕마르(Stangmar) ➔

말을 타고, 산에 오르는 걸 즐기던 강인하고 자부심 강한 젊은이 스탕마르는 사파이어빛 눈동자의 엘런과 사랑에 빠졌다. 엘런은 지구에서 젊은이가 사는 마법의 영토로 왔다. 이윽고, 스탕마르는 엘런의 마음을 얻었고, 엘런은 유한한 것과 무한한 것 사이에 존재하는 세상, 핀카이라에 머물게 된다. 투아하라는 이름의 강력한 마법사의 아들로서, 스탕마르에게는 마법이 없었다. 그럼에도 핀카이라의 왕으로서 위대한 지도자가 되려고 열심히 노력했다.

하지만 삶은 나쁘게 흘러갔다. 엘런이 멀린과 **리아**를 낳은 직후, 리아가 **드루마** 숲으로 사라졌다. 스탕마르는 정령의 장군 **리타 고르**의 꾐에 속아 타락해갔다. 곧 스탕마르는 핀카이라 정복을 꿈꾸는 리타 고르의 앞잡이가 되고 만다. 사악한 정령이 아들을 죽이라고 명령하자, 스탕마르는 마지못해 따랐다. 하지만 어린 멀린을 죽이기 직전, 멀린은 엘런과 함께 도망쳐, 지구의 브리타니아 땅을 향했다. 이 여정 끝에 멀린은 바위투성이 해안가에 쓸려가고, 이름도 없고 집도 없는 아이로 살아가게 된다. 이로써 잃어버린 시간이 시작되었다.

한참 뒤, 멀린은 자신이 태어난 핀카이라로 돌아온다. 스탕마르에 대한 분노가 가득했지만, 멀린은 거인의 춤에서 슈라우디드 성이 무너질 때 아버지를 구했다. 몇 년이 지난 뒤, 스탕마르가 감옥에서 탈출하고 난 뒤, 옛 폭군은 마침내 속죄한다. 즉, 자신의 목숨을 바쳐 엘런의 목숨을 구했다. 이로써 마침내 멀린은 스탕마르를 용서하게 된다.

쌍칼잡이(Sword Arms) ⋙

이 잔인무도한 전사는 뿔 달린 해골로 얼굴을 가리고 다닌다. 또한 팔이 있어야 할 곳에 치명적인 칼이 두 개 달려 있다. 멀린이 리타 고르로부터 공격받는 핀카이라를 구하기 위해, 또한 잃어버린 날개의 수수께끼를 풀기 위해 동분서주할 때, 이 쌍칼잡이가 멀린의 앞길을 막는다. 설상가상, 이 전사는 어린 고아들을 무참하게 죽인다. 섬 전역에, 부모를 잃은 아이들이 넘쳐난다.

멀린은 이 잔인한 전사가 누구인지, 또한 나중에 **한쪽 귀**의 류라고 알려진 아이 등을 쫓아다니는 이유가 뭔지 알지 못했다. 하지만 멀린은 이 살육을 막기로 맹세한다. 마침내 멀린은 쌍칼잡이와 정면 승부를 겨룬다. 그런데 이 전사를 향해 휘두르는 무기는 곧장 같은 힘으로 자신을 향해 되돌아온다는 걸 알게 된다. 아이들을 구하고, 이 전사를 이길 방법을 찾기 위해 거인 심의 모자를 타고 **잊힌** 섬으로 항해한다. 멀린의 할머니 올웬을 떠올린 인어 종족의 도움으로, 멀린은 금지된 바닷가에 무사히 도착한다. 그곳에서 쌍칼잡이와의 마지막 싸움을 승리로 끝내고, 쌍칼잡이의 정체를 알게 된다. 누군가는 그 승리를 기적이라고 부를지도 모르겠다. 누군가는 잊힌 섬이 옛 해안으로 돌아온 사건 또한 기적이라고 부를 것이다. 하지만 그날 있었던 가장 위대한 기적은 멀린이 아니라 멀린이 구해준 아이들이 일으킨 것이다.

테일린과 갈라타(Tailean and Garlatha) 🍴

핀카이라 땅, 스탕마르가 일으킨 끔찍한 마름병 한가운데에서 자그마한 초록 오아시스가 과연 존재할 수 있을까? 멀린은 그곳이 노부부, 테일린과 갈라타가 일군 과수원과 정원이라는 걸 알게 된다. 두 사람은 늙어도 아주 많이 늙었다. 듬성듬성 회색이 섞인 백발이 어깨까지 내려왔다. 소매 없는 갈색 옷은 낡고 닳았고, 등은 엄청 굽었지만 근육질의 갈색 팔은 나이에 비해 훨씬 젊어 보였다. 멀린이 심(당시 심은 매우 작았다.)과 함께 이곳에 처음 갔을 때, 둘은 68년 동안 함께 살고 있었다.

위험한 때였기에, 여행객들이 이 두 사람을 믿기는 쉽지 않았다. 이들의 친근한 외모는 변장일 수도 있었다. (그래서 심은 이름이 뭐냐는 질문에 이렇게 분명하게 대답한다. "우리 이름은 비밀이에요. 아무도 이름을 몰라요. 우리조차도.") 하지만 이내 멀린은 이 노부부를 믿게 되었다. 함께 죽는 게 소망이라는 할아버지의 말에 멀린은 엄마한테 들은 바우키스와 필레몬 이야기를 들려준다.

"둘은 딱 하나의 소원이 있었는데, 바로 함께 죽는 거였어요. 그리고 결국 신들은 그 둘을 나무 한 쌍으로 변하게 해주었어요. 잎사귀 무성한 나뭇가지들이 항상 서로를 감싸주었다고 해요."

멀린은 이 정원사 노부부가 나중에 이렇게 죽으리라는 걸 알지 못했다. 또한 이 노부부가 몇 가지 모험을 공유하리라는 것도 알지 못했다. 하지만 테일린은 멀린이 보이는 것 이상의 존재라는 사실을 알고 있는 듯했다.

"난 자네가 누군지 모른다네, 젊은이. 자네가 어디로 가는지도 몰라. 하지만 우리 씨앗처럼, 자네 속에는 많은 게 들어 있다는 걸 알아."

그 말을 듣고 있던 갈라타는 심의 머리를 쓰다듬으며 말했다.

"마찬가지로, 내 생각에 이 작은 녀석한테도 똑같은 말을 해줄 수 있겠구나."

핀카이라의 보물들(Treasures of Fincayra) ⤳

수 세기 동안, 보물들은 핀카이라 사람들 것이었다. 공유의 유산으로, 핀카이라 땅과 그 땅에 사는 모든 생명체에게 이익을 가져다주었다. 이 전설적인 보물에는 어떤 것들이 있을까? '꽃 피는 하프'의 음악은 초원과 언덕에 봄을 가져다줄 수 있다. '디퍼컷'이라는 칼은 날이 두 개인데, 하나는 영혼을 곧장 벨 수 있고, 다른 하나는 어떤 상처든 치유할 수 있다. 위대한 정령 다그다가 '생명의 힘'이라고 부르는 '불의 고리'는 가장 어두운 때에도 희망의 불꽃을 붙일 수 있다 그리고 '현명한 도구 일곱 개'는 쟁기, 괭이, 톱, 해머, 삽, 양동이, 열쇠를 지칭한다. 쟁기는 스스로 밭을 갈 수 있고, 톱은 필요한 만큼 나무를 벨 수 있고, 괭이는 씨앗을 키우는 법을 안다. (소용돌이치는 거인의 춤 동안에 일곱 보물 중 하나를 잃어버렸다. 하지만 젊은 멀린과 사슴 여인 할리아가 나중에 그 위치를 찾아냈다.) 그 밖에도 다른 보물들도 있다. 무시무시한 '죽음의 가마솥', '꿈의 소환자', 거기에 '마지막 보물'이라 불리는 보물까지. 그 보물이 무엇인지는 비밀로 남아 있다.

> **. . .**
> **수 세기 동안,**
> **보물들은 핀카이라**
> **사람들의 것이었다.**
> **. . .**

슈라우디드 성의 사악한 왕 스탕마르는 정령의 장군 리타 고르에게 충성을 맹세하고, 이 모든 보물을 다 모아 자신의 힘을 키우려 했다. 스탕마르가 가장 좋아한 보물은 '죽음의 가마솥'이었지만, '꿈의 소환자'의 힘으로 음유시인의 마을 출신 사람들의 목소리를 영원히 없애려 했다. 이윽고, 스탕마르는 마지막 보물을 제외한 보물들을 다 찾아냈다. 사람들은 그 마지막 보물이 신비한 펜던트, 갈라토라고 믿었다. 하지만 멀린, 리아, 심이 마침내 알아낸 것처럼, 마지막 보물은 뭔가 다른 것이었다.

트러블(Trouble) ⚔

은색과 갈색 줄무늬 깃털, 검은 눈동자에 노란색 띠가 둘러쳐진 두 눈, 치명적인 발톱. 이 용맹한 매는 크기가 작지만 매우 잔인하고 성미가 급하다. 트러블은 멀린에게 충성을 다한다. 많은 사람들은 트러블을 최초의 메리스라고 생각한다. 젊은이가 잃어버린 핀카이라의 드루마 숲에서 이 매의 생명을 구해주었다. 하지만 매는 문제를 많이 일으켜, 트러블이라는 이름을 얻게 된다.

슈라우디드 성에서 정령의 장군 리타 고르와 마주했을 때, 트러블은 아주 중요한 역할을 했다. 위대한 영혼을 지닌 이 작은 매는 자신의 몸을 던져 멀린, 리아, 심의 목숨을 구한 것이다. 이로써 거인의 춤이 승리를 거두게 된다. 그 뒤로, 멀린은 정령의 모습을 한 트러블을 세 번 보았다. 즉, 다그다의 묘약을 찾으러 사후 세계를 방문했을 때, 핀카이라를 구하고 잃어버린 날개를 되찾기 위한 마지막 싸움에서, **할리아**와의 결혼식에서. 하지만 매에 대한 멀린의 애정은 결코 줄어들지 않았다. 사람들은 멀린이 **지구**에 갈 때마다 트러블을 기리기 위해 매 혹은 올빼미 한 마리를 데리고 갔다고 믿는다. 사실, 멀린이라는 이름 또한 진정한 친구 쇠황조롱이(멀린)에서 영감을 받았다.

투아하(Tuatha) ⊱

멀린이 태어나기 아주 오래전, 마법사 투아하가 핀카이라를 지혜롭게 하지만 또한 무척 엄격하게 다스렸다. 투아하는 마법사의 힘을 물려받지 못한 외아들 스탕마르에게 매우 엄격했다. 한참 지난 뒤에, 손자 멀린이 투아하의 으스스한 무덤을 찾아왔을 때, 이 마법사의 정령은 동정심을 보였다. 어쩌면 부인 올웬의 영향 때문이었을지도 모른다. 올웬은 인어 여인으로, 투아하와 사랑에 빠져 바닷속 고향과 종족을 등졌다. 아니, 어쩌면 투아하가 마침내 자신의 결점을 깨달아서 그렇게 한 것인지도 모른다.

이유가 어찌 되었든, 투아하는 마침내 젊은 멀린이 사후 세계에서 **다그다**의 묘약을 찾는 걸 도와주기로 한다. 그 묘약은 멀린의 엄마, 엘런의 목숨을 구할 수 있는 유일한 희망이었다. 투아하는 마법의 일곱 노래의 수수께끼를 풀 수 있는 첫 번째 중요한 단서를 설명해주었다. 그리고 헤어지며 멀린의 지팡이, **오니알레이**에 새로운 마법을 선물로 주었다. 그 마법의 힘은 어찌나 강력한지 수천 년이 지난 뒤 **아발론**에서 그 지팡이는 여전히 빛을 뿜어냈다.

우르날다(Urnalda) ≂

핀카이라의 소인들은 모두 붉은 머리, 붉은 눈, 움직일 때마다 딸랑거리는 흰색 조개껍데기 귀걸이를 한 성질 고약한 이 마법사를 두려워했다. 때때로 화가 치밀 때면 자신의 말에 토를 단 소인의 오동통한 다리를 마법으로 줄어들게 하거나 소중한 수염을 아예 없애 버리기도 한다. 하지만 스탕마르의 마름병이 휩쓸고 지나는 시기에 우르날다는 자기 종족을 성공적으로 이끌어, 땅속 깊은 터널 속에서 살아남을 수 있었다.

멀린이 우르날다를 처음 만났을 때, 자신이 손님이 아니라 죄수가 된 기분을 느꼈다. 우르날다는 옥 왕좌에 앉아 멀린을 노려보고, 멀린의 지팡이를 훔치고, 심하게 모욕을 주었다. 나중에, 멀린의 마법의 악기를 파괴하고 심지어 마법사의 힘을 빼앗으려고까지 했다. 하지만 이런 행동에도 불구하고, 우르날다는 위대한 정령 다그다를 충실히 따랐다. 또한 무엇보다 소인들의 생존을 위해 싸웠다. 그래서 멀린은 우르날다를 자신의 편으로 삼기로 결심했다. …… 우르날다가 자신을 먼저 죽이지 않는다면 말이다.

발디어그(Valdearg, Wings of Fire) ≂

오래전 분노에 휩싸인 용이 숲을 모조리 불태우고 마을을 모두 집어삼켜 버렸다. 그래서 '불의 날개'라는 이름을 얻게 되었다. 발디어그는 대대로 이어온 용의 마지막 황족이자 가장 두려운 존재였다. 핀카이라의 상당 부분이 발디어그의 분노에 찬 숨결 때문에 시커멓게 변해 버렸다. 핀카이라의 주민들은 모두 발디어그의 그림자를 두려워하며 살아왔다. 마침내 멀린의 할아버지, 강력한 마법사 투아하가 발디어그를 그의 은신처로 가까스로 다시 몰아넣었다. 오랜 전투 끝에 마침내 발디어그는 투아하의 '잠의 마법'에 굴복하고 말았다. 그 뒤로 발디어그는 불꽃에 그슬린 동굴 속에서 깊은 잠에 빠져들었다. 많이 사람들의 요구대로 투아하는 왜 용을 죽여 버리지 않았을까? 마법사에게는 나름대로 이유가 있었다. 투아하는 '용의 눈'이라는 시를 남겼다. 하지만 젊은 멀린이 핀카이라 섬에 첫발을 내디뎠을 즈음, 그 시는 사람들에게 잊혔다. 카이르프레 같은 몇몇 음유시인들만 일부를 기억할 수 있을 뿐이었다.

보라! 그 무엇도 용을 멈출 수 없다,
단 하나의 적만 제외하고.
아주 오래전에 전투를 벌였던 적의 후손

한편, 발디어그는 불꽃에 그슬린 동굴에서 선잠을 자고 있었다.

그러다 마침내 깨어났다. 그 어느 때보다 더 분노에 찼다. 발디어그처럼 힘과 지혜를 모두 지닌 용은 지금껏 없었다. 미래에도 마찬가지일 것이다. 하지만 마침내 아발론의 위대한 용 두 마리가 나타날 것이다. 하늘의 강력한 군주 바질가라드와 물의 황제 하골이 바로 그들이다. 발디어그가 깨어났을 때, 그 분노를 누그러뜨릴 수 있는 건 잃어버린 딸, 귀니아였다.

경이로운 장소

수정 동굴

빛나는 수정! 동굴의 벽과 천장과 바닥이 어른거리는 빛을 환하게 뿜어내고 있었다. 수정이 사방에서 빛을 내며 반짝거렸다. 마치 잔물결을 일으키며 흘러가는 강 위에서 빛나던 햇살이 이 땅 위로 쏟아져 들어왔던 것처럼……. 내 얼굴 또한 붉게 상기되었다. 내 두 눈으로 직접 볼 수 있던 시절, 그러니까 색깔이 더 깊게 흐르고 빛이 더 밝게 빛나던 때에도, 난 이 수정 동굴처럼 아름다운 건 한 번도 본 적이 없었다.

멀린은 그랜드 엘루사의 수정 동굴을 이렇게 묘사했다. 핀카이라 섬의 수많은 경이로운 장소 중에서, 젊은 마법사에게 이보다 더 깊은 감동을 준 곳은 없었다. 아주 오랜 시간이 지난 뒤, 멀린이 지구의 카멜롯에서 자신의 수정 동굴을 찾으려 했다는 건 전혀 놀랍지 않다.

거인의 춤 ⇐

잃어버린 핀카이라의 '어둠의 언덕'에서 격렬하게 벌어진 싸움. 이 싸움으로 마침내 슈라우디드 성이 파괴되고 스탕마르의 무자비한 통치가 종말을 고한다. 또한 이 싸움 덕분에 핀카이라에 평화가 찾아왔다. 트러블이라는 이름의 매가 보여준 용기 덕분에 정령의 장군 리타 고르를 사후 세계로 쫓아냈기 때문이다. 수 세기가 지난 뒤에도, 음유시인들은 트러블의 희생, 젊은 멀린과 리아의 영웅적 행동, 그리고 심이라는 작은 녀석의 예상치 못한 용기를 노래했다. 심은 친구들의 목숨을 구하기 위해 '죽음의 가마솥'으로 스스로 뛰어드는 용기를 발휘했다. 그렇게 함으로써, 핀카이라의 가장 신비한 예언을 완수하고 자신 또한 마침내 거인으로 변신했다. 이로써 "크기란 뼈의 크기만을 의미하는 게 아니다."라는 그랜드 엘루사의 통찰력이 옳다는 게 증명되었다.

이 싸움을 통해 핀카이라는 구원받고 잃어버린 보물들을 찾았으며, 젊은 마법사는 기억을 되찾았다. 젊은 마법사는 멀린이라는 이름을 얻었는데, 자신의 모든 걸 내던진 쇠황조롱이 매를 기억하기 위한 것이었다. 슈라우디드 성의 폐허 또한 새로운 이름을 얻었다. 거대한 원형 돌무더기는 거인의 오래된 언어로 '에스토나헨지', 그러니까 '거인의 춤'으로 알려지게 되었다. 시간이 흘러, 위대한 정령 다그다가 엘런의 추종자들을 도와 이 돌무더기를 아발론의 새로운 세상 스톤루트에 옮겨주어, 모두를 위한 공동체의 주거지 중심에 자리 잡은 '위대한 신전'이 되었다. 수천 년 뒤, 그 원형 돌무더기 안에서 엘리라는 이름의 젊은 수습 사제가 자주 명상에 잠기곤 한다. 엘리는 이 돌무더기가 경이로운 일들을 목격했다는 걸 알고 놀라워한다.

드루마 숲 ⇌

젊은 **리아**와 위대한 참나무 **아바사**의 고향(아바사는 나뭇가지 안에 리아를 보호해주었다). 이 깊은 숲은 경이로움과 마법, 그리고 놀라울 정도로 다양한 생명을 품고 있다. 리아는 이 숲에서 멀린에게 강, 나무, 돌의 언어로 말하는 법을 가르쳐주었다. 또한 엘런이 죽음의 문턱에서 다그다의 묘약을 마신 곳도 이곳이다. 이로써 엘런은 목숨을 건질 수 있었다. 이 숲에 대한 엘런의 감사함이 너무나 커서, 그리고 이 숲이 지닌 자연의 힘이 너무나 위대해서, 엘런은 아발론의 새로운 세상에서 주도적인 역할을 하게 될 모두를 위한 공동체의 구성원들을 드루마디안이라고 불렀다.

핀카이라(잃어버린 핀카이라) ⇌

안개에 둘러싸인 핀카이라 섬에는 수많은 경이로움, 그리고 무척이나 아름답고 놀라운 생명체와 장소가 있다. 드루마 숲은 마법의 거미 그랜드 엘루사와 오래된 참나무 아바사의 고향이다. 아바사는 리아의 어린 시절 보금자리가 되어주었다. 안개 자욱한 이야기 실로 짠 전설적인 카펫 카에로츨란은 연기 피어나는 절벽 근처에 있다. 거인의 태초의 고향, 바리갈 또한 여기에 터를 닦았다. 음유시인의 마을은 사랑스러운 시인 카이르프레가 자주 글을 쓰던 곳이다. 핀카이라의 북쪽 해안에는 신비에 싸인 사후 세계의 계단통이 숨어 있는데, 이곳은 정령의 영토로 가는 통로이다. 유령의 늪에는 운명의 거울처럼 수많은 보물이 가득하다. 또한 늙은 마녀 돔누만큼이나 위험하다.

핀카이라 섬은, **아발론**과 마찬가지로, 세계들 사이에 존재하는 세상이다. 유한하기도 하고, 무한하기도 한 핀카이라는 젊은 마법사 멀린의 첫 번째 진정한 고향이었다. 그리고 멀린이 잃어버린 시간 동안 살았던 곳이기도 하다. 또한 핀카이라는 아발론 최초의 수많은 시민의 고향이기도 했다. 모두를 위한 공동체를 세운 **사파이어빛 눈동자의 엘런**, 멀린에게 나무, 강, 돌의 언어를 가르쳐준 현명한 젊은 여인 **리아**, 엘라노에 대한 해박한 지식을 지닌 **한쪽 귀의 류** 그리고 진정한 거인의 마음을 지닌 심…….

오랜 시간 동안, 끔찍한 마름병이 섬 전역에 번져 나갔다. 마침내 핀카이라는 구원을 받음과 동시에 잃게 되었다. **리타 고르**를 물리치고 **잃어버린 날개**를 되찾게 되면서 섬이 결국 정령의 영토와 합쳐졌기 때문이다. 그런데 한때 잊힌 섬이라 불린 곳, 젊은 멀린이 마법의 씨앗을 심은 곳에서 놀라운 일이 일어났다. 멀린이 마법의 씨앗을 땅속에 살며시 넣는 순간, 씨앗은 심장처럼 고동쳤다. 이렇게 해서 또 다른 세계, 아발론의 위대한 나무가 탄생했다.

잊힌 섬(Forgotten Island)

핀카이라 서쪽에 어둡고 신비로운 섬 하나가 있었다. 멀린이 일곱 노래를 찾아 모험하는 동안, 그 섬은 멀린을 유혹하기도 하고 퇴짜를 놓기도 했다. 다 이유가 있었다. 즉, 잊힌 섬은 멀린의 **잃어버린 시간**에서 가장 큰 신비와 위험 모두를 지니고 있던 것이다. 인어 종족이 만들어준 기적 같은 다리 덕분에, 멀린은 마침내 섬의 해안에 발을 디뎠다. 그리고 잃어버린 날개의 진실, 용서의 힘, 자신의 운명을 깨닫게 된다. 옛

잊힌 섬

여기 보물이 있다

인어 종족이 사는 곳

잊힌 섬
"결코 죽을 운명으로
여겨받지 않으니."

주문의
장벽을
조심하라

원형 돌무더기
가는 길

'가장 긴 겨울밤'

이전의 모습

예언에서 말한 대로, 바로 그 순간에 "오랫동안 잊힌 섬이 해안으로 돌아왔다."

유령의 늪 ⥤

핀카이라에서 가장 무시무시한 장소. 악취를 풍기는 공기, 끈적끈적한 거품의 늪에는 치명적인 늪지 유령들, 늙은 마녀 돔누는 물론이고 악몽에 나올 법한 수많은 위험이 도사리고 있다. 하지만 이 늪지에는 밸리맥의 '겁나 러블리한' 동굴, 일곱 가지 현명한 도구의 비밀, 젊은 멀린에게 예상치 못한 미래를 보여줄 수 있는 마법의 거울 등 온갖 놀라움이 숨어 있다.

이 숲이 어떻게 생겨났는지 제대로 아는 사람은 거의 없다. 멀린의 멘토 카이르프레를 비롯해 음유시인들은 여자 마법사들이 이곳에 공동체를 이루고 살았다고 믿는다. 마법사들은 마법의 거울로 시간을 휘게 하는 법을 알게 되었다. 또한 이 땅에서 핀 꽃으로 경이로운 향을 피어나게 하는 법을 발견했다. 그래서 이 땅의 공기에는 마법의 향이 늘 가득하다.

그 힘을 알게 된 정령의 장군 리타 고르는 이곳을 정복하려고 했다. 거의 성공할 뻔했나. 장군의 군대가 침략하려 했을 때, 마법사들은 모든 걸 잃게 되었다는 걸 깨닫고는 끔찍한 희생을 선택했다. 공격을 격퇴하기 위해, 자신들이 사랑하는 고향 땅에 저주를 퍼부은 것이다. 마법의 꽃이 유독한 증기를 내뿜게 하는 저주였다. 이곳에는 바람 한 점 불지 않았기에, 이 독이 땅에 스며들어 생명을 모조리 죽여 버리고, 빛을 모조리 없애 버렸다. 마녀들은 분노와 슬픔 속에서도 자신들의 소중한 이 땅을 떠나지 않았다. 곧 이들은 잔인하고 끔찍한 존재, 늪지 유령으

A Detail of THE HAUNTED MARSH

독수리 협곡

여자
마법사를
조심하라

어둠의 언덕

가는 길

시간의 안개,
거울 안에 숨어 있다

돔누의 동굴

불꽃이 이는 나무

녹슨 평원

가는 길

거인의 길

퀠지에스가
여기 있을까?

엑터의 은신처

가시
터널

치명적인
탐정벌레

마을

늪지 유령이
여기 있을까?

밸리맥의 동굴

연기

피어나는

신음하는 숲

절벽으로

가는 길

숲의   경고를   귀담아들어라

IAN SCHOENHERR MCMXCIX

유령의 늪 세부지도

로 변했다. 이렇게 이들은 자신들의 땅을 지키며, 이곳에 가까이 다가오는 자들에게 복수했다. 그런데 단 한 사람, 젊은 멀린은 늪지 유령들이 자신들의 본래 모습을 떠올려 핀카이라를 구하는 데 힘을 보태주기를 기대했다.

말하는 조개의 해변 ✎

소년이 해안으로 떠밀려 온 뒤, 핀카이라의 운명을 바꾸었다. 그 소년이 바로 멀린이다. 멀린은 이곳의 풍경이 색을 내뿜고 있다는 걸 깨달았다. 조개껍데기, 잎사귀, 그리고 이곳의 모래조차도 웬일인지 더 밝고 짙게 느껴졌다. 멀린은 이 세계의 강렬한 색에 이끌려 섬을 탐험하기 시작했다. 그러다 조개껍데기 하나를 들어 올렸다. 조개껍데기를 귀에 가져다 대니 거친 숨소리와 뒤섞인 기괴한 소리가 들려왔다. 마치 저 멀리 있는 누군가의 목소리 같았다. 멀린이 이해할 수 없는 언어로 속삭이고 있었다. 뭔가 경고하는 듯했다. 나중에, 멀린은 일곱 노래를 찾는 여정에서 이곳 해안을 다시 찾아온다. 말하는 조개, '와시암발라'는 축축한 목소리로 멀린에게 엘런의 목숨을 구할 방법을 알려준다.

슈라우디드 성 ✎

리아와 멀린은 핀카이라의 사악한 왕 스탕마르가 사는 슈라우디드 성에 대해 알게 되었을 때 몸서리쳤다. 하지만 섬이 파괴되는 걸 막기 위해서는 그곳에 가야 했다. 그 성에는 자신들의 적들이 진을 치고 있을 뿐만 아니라, 핀카이라의 소중한 보물들이 있었

> 사악한 왕
> 스탕마르가 산다.

기 때문이다. 그래서 둘은 여정에 나선다. 그리고 트러블과 심, 작지만 용맹한 전사들 덕분에 **거인의 춤**을 이루게 된다.

이 성이 어떻게 존재하게 되었을까? 돌무더기로 거슬러 올라가야 한다. 거인들이 바위를 깎아, 위대한 정령 **다그다**와 **로리란다**를 기리는 사원을 세웠다. 수 세기 동안 신앙심 깊은 사람들이 사원을 지켜갔다. 그러다 리타 고르의 도움을 받은 스탕마르가 이곳을 차지했다. 이들이 창문으로 연기를 내뿜어, 연기가 건물을 완전히 휘감아 버렸다. 한편, 리타 고르는 이곳을 지키던 사람들을 죽이는 대신 '골리안트' 전사로 만들어 버렸다. 이들은 슈라우디드 성을 지키는 죽지 않는 불멸의 전사로, 성이 빙글빙글 계속 도는 한 죽일 수 없다. 성이 도는 걸 멈출 수 있는 유일한 방법은 아주 오래전에 이 성을 지은 핀카이라의 거인들이 돌아와 춤을 추는 것이었다.

연기 피어나는 절벽

핀카이라의 동남쪽에는 사슴 종족의 옛 고향이 자리 잡고 있다. 할리아와 에르먼은 사슴 종족의 수많은 비밀을 '젊은 매' 멀린에게 가르쳐 주었다. 거기에는 '카펫 카에로츨란'이라고 하는 이야기의 태피스트리도 있었는데, 이건 이야기를 짓는 사슴 종족의 전통이다. 에르먼은 또한 멀린에게 사슴으로 변신하는 법과 전설적인 '와이의 수레바퀴'를 찾는 법을 알려주었다. 할리아는 두 귀가 아니라 온몸으로 듣는 법, 이야기를 짓는 법, 현명한 도구 일곱 개를 찾는 법을 알려주었다.

바리갈

핀카이라에 거주한 최초의 생명체, 거인들의 옛 수도. 바리갈은 주변

핀카이라 동남지역 세부지도

어둠의 언덕

크리릭스가 여기 있을까?

돔누의 동굴 갈라토가 여기 있을까?

와이의 수레바퀴

유령의 늪

숨겨진 동굴

전설의 파펫 카에로흘란이 발견된 곳

녹슨 평원

가는 길

연기 피어나는 절벽

고대 사슴 종족의 고향

의 산만큼이나 오래되어 보인다. 사실, 이 도시의 역사는 섬의 초창기까지 거슬러 올라간다. 핀카이라 사람 중에서 늙은 마녀 돔누만이 처음 돌투성이 산을 깎아 거인을 만든 시절을 기억할 뿐이다. 돔누가 그 일을 기억하는 건, 거인을 조각하는 걸 두고 다그다와 내기를 걸었기 때문이다. 결국 돔누는 내기에서 졌다. 별빛을 비춰준 금발의 그위리, 새로운 생명을 불러일으키는 마법의 노래를 불러준 로리란다의 도움으로, 다그다는 밤을 꼬박 새워 산허리에서 거인을 조각했다. 조각을 끝마쳤을 때, 거대한 종족과 그 종족의 수도가 나타났다. 수천 년이 지난 뒤, 음유시인들은 이렇게 노래했다.

"말하는 나무와 걸어 다니는 돌. 거인들은 이 섬의 뼈대라네."

아발론 :
모든 세계 사이에 존재하는 세상

등장인물 및 마법의 생명체

아브칸(Abcahn)

아발론에 거주하는 다양한 종족의 언어에 능통한 언어학자. 특히 속삭이듯 주고받는 안개 요정의 말, 무척이나 알아듣기 힘든 언어 종족의 말도 이해할 수 있다. 그래서 모두를 위한 공동체 사제들이 멀리 여행에 나설 때면 늙은 아브칸에게 동행해달라고 종종 부탁하기도 했다. 어린 시절, 아브칸은 오소리 굴에 떨어져 다리가 심하게 부러진 적이 있었다. 하지만 몇 주 뒤 오소리들이 만들어준 부목을 집고 굴을 나설 즈음, 오소리 언어를 유창하게 구사했다.

아발론 987년, 아브칸은 드루마디안 사람들과 함께 워터루터로 갔다. 무지개 바다에서 배가 전복되어 모두 물에 빠져 죽고 말았지만 아브칸은 간신히 살아남았다. 몇 주 뒤, 드루마디안 주거지로 돌아와 슬픈 소식을 전했다. 류가 그 이야기를 듣고 나중에 **엘리**, **브리오나**, **뉴익**, **심**에게 전해주었다.

애벌론(Abelawn) ⪻

아발론에서 '개화의 시기'가 끝나갈 즈음, 애벌론의 조상들이 스톤루트에 처음으로 정착했다. 애벌론은 드루마디안의 가르침에 따라 농사를 짓는 전통을 이어갔다. 그래서 자신의 땅에서 함께 살아가는 염소, 말, 양의 동의를 늘 구했다. 애벌론은 **탬윈**의 젊은 시절 친구로, 탬윈이 가을에 멜론을 수확하는 일을 이따금 도와주곤 했다. 가을에는 황무지 길잡이 일이 별로 없었기 때문이다. 어느 추수의 계절, 탬윈은 비범한 표식이 새겨진 단검 하나를 우연히 발견했다. 하지만 별에서 **리타 고르**와 아발론의 운명이 걸린 전투를 벌이기 전까지, 탬윈은 그 표식의 의미를 제대로 이해하지 못했다.

엘로니아(Aelonnia of Isenwy) ⪻

이센위 평원의 머드메이커. 진흙으로 덮인 바위로 변장을 하고 있지만, 보이는 것 이상의 힘이 있다. 머드메이커는 아발론에서 가장 신비하고 마법적인 생명체다. 엘로니아는 **머드루트**(맬록)에 있는 관문의 수호자다. 그 관문은 할라드의 '비밀의 샘' 근처에 있다. 엘로니아는 사람들에게 모습을 거의 드러내지 않는다. 그러다 **탬윈**과 **엘리**를 위해 그렇게 했던 것처럼, 평소의 크기로 돌아오면 성인 남자보다 두 배나 커진다. 커다란 눈에, 갈색 몸에 가느다란 손 네 개가 달리고, 손에는 길고 정교한 손가락이 각각 세 개씩 달려 있다.

엘로니아의 속삭이는 목소리는 말이라기보다는 음악처럼 들린다. 엘로니아에게는 마법을 최고로 활용하는 지혜가 가득하다. 왜냐하면 아발론 초기에, 멀린이 머드메이커들에게 엘라노가 풍부한 흙으로 살아 있는 생명체를 만드는 엄청난 능력을 주었기 때문이다. 그 뒤로 머드메이커들은 이 능력을 신중하게 사용해, 아프리쿠아의 거대 코끼리에서부터 자그마한 **경쾌한 비행사**에 이르기까지 다양한 생명체에 숨을 불어넣었다. (경쾌한 비행사들은 호수 여인이 가는 곳마다 따라다녔다.) 엘로니아는 탬윈에게 이렇게 설명했다.

"무언가를 만들기 위해서, 우리에게는 열 가지가 필요해. 일곱 개의 신성한 요소, 이것을 결합하는 진흙, 우리가 일을 할 수 있는 시간, 그리고 한 가지 더. 그건 바로 멀린의 마법이지."

아하나(Ahearna, the Star Galloper) ⤜

스타 갤로퍼. 전설로 전해지는 '저 높은 곳의 위대한 말' 아하나는 거대한 날개와 강력한 다리로 하늘을 날며 힘차게 울어댄다. 날개의 은백색 깃털은 마치 별빛으로 만든 것처럼 밝게 빛난다. 마법사 멀린이 아발론 694년에 아발론을 떠났을 때 아하나를 타고 갔다. 그 시간 이후, 아하나는 '페가수스의 심장'으로 일려진 별 주위를 끊임없이 날아다녔다. 그 이유는 오직 자신과 멀린만 아는 비밀이었다. 그러다 마침내 **탬윈**에게 그 비밀을 들려준다.

에일린(Aileen) ⤜

이 젊은 요정 숙녀는 브리오나의 절친이다. 브리오나처럼, 엘 우리엔의 가장 깊은 숲속, **호수 여인**의 은신처라고 알려진 곳 근처, 동쪽 우드루트에서 자랐다. 여덟 그루 거대한 느릅나무의 나뭇가지 위에 지은 정착지 꼭대기 나무집에 살았다. 조각가로서 비범한 재능이 있어서, 목공 장인이 되는 길을 잘 밟아 나가고 있다. 하지만 브리오나와의 우정에서 중요한 것은 개암차를 끓이는 에일린의 기술이다. 대부분의 요정처럼 평화를 사랑하지만, 위기에 닥친 **아발론**을 구하기 위해 목숨을 바치기로 결심한다.

앵거스 오게(Angus Oge) ⫘

이 불꽃 천사는 아발론의 머나먼 땅을 탐험하며 엄청난 용기뿐만 아니라 친절한 태도도 보여주었다. 아야노원 '이야기화가들' 덕분에 수 세기가 지난 뒤에도 사람들의 기억 속에서 잊히지 않고 살아 있다. **귀리온**이 탬윈에게 들려준 것처럼, 앵거스 오게는 세상을 늘 열린 마음으로 대했고, 세상 또한 거기에 어울리는 보답을 해줬다고 한다.

한 번은, 앵거스 오게가 머나먼 영토로 여행할 때 먹을 게 없어 굶어 죽기 직전이었다. 기진맥진해 그곳에서 나는 식물로 멀건 죽이라도 끓여 먹었으면 하는 바람으로 마지막 남은 물을 끓이고 있었다. 하지만 먹을 만한 나뭇잎, 나무뿌리를 하나도 찾지 못했다. 그런데 굶어 죽기 직전, 토끼 한 마리가 어디선가 불쑥 튀어나와 곧장 단지 속으로 들어 갔다고 한다.

아르크 카야(Arc-kaya) ⫘

회색 머리의 독수리 여인. 스톤루트의 이예 칼라크야 부족의 일원으로, 리타 고르 때문에 치명적인 파편에 맞아 큰 부상을 입은 **스크리**를 치유해주었다. 강렬한 노란색 눈동자에도 불구하고, 아르크 카야의 마음은 무척이나 친절하다. 스크리는 몸이 회복되는 동안 아르크 카야를 지켜보며, 이 여인이 얼마나 친절한지를 알게 되었다. 또한 아옐이라는 이름의 아들을 잃었다는 사실도 알게 되었다. 아옐은 인간이 쏜 화살이 자기 어머니를 향해 날아오자 몸을 던졌다고 했다. 아르크 카야는 아들의 죽음을 자기 탓으로 돌리며, 아들이 아직 살아 있어서 자기 부족의 오랜 축복을 따를 수 있기를 간절히 바랐다. "높이 날아라, 맘껏 달려라."

아야노윈(Ayanowyn) 〜

불꽃 천사로 불린다. 불꽃 천사들은 위대한 나무의 나무둥치 깊숙한 곳, 중간 영토라고 부르는 곳에 산다. 위를 향해 거꾸로 흐르는 나선형 폭포 근처 동굴과 터널에 거주하며, 아발론에서의 삶을 전하는 눈부신 벽화를 그렸다. 거기에는 진정으로 영광스러운 이야기가 있다. 수 세기 전, 아야노윈 사람들이 위대한 나무의 뿌리를 향해 섀도루트 영토로 여행하다 '별이 떨어진 도시', 디아나라를 발견했다. (오늘날에는 '빛을 잃어버린 도시'라고 불렀다.) 그런데 이들의 이야기는 비극으로 끝났다. 불꽃 천사 귀리온이 탬윈에게 설명한 것처럼, 이들은 '위대한 빛의 시대' 이후에 늠씩하게 쇠퇴했다. 이들의 시든 모습이 이 쇠퇴를 여실히 증명한다. 건강했을 때, 날개 달린 몸에는 영혼불꽃이 주황색으로 밝게 빛났다. 하지만 지금은 몸과 영혼이 병들어 더 이상 날 수 없다. 이제 까맣게 탄 석탄을 닮았다.

귀리온 종족의 마지막 예언자, 늙은 여인 마나나운은 언젠가 불꽃 천사들이 지혜와 영광을 되찾을 거라고 예언했다. 날개의 힘과 영혼불꽃의 명성을 되찾게 될 거라고, 그렇게 되면 이들이 아주 오래전, 이야

> 자신들이 다시
> 날아오를 것이라는 희망은
> 바람에 실려 온 불꽃에
> 불과하다고 확신했다.

기 벽화가 시작되기 전에 떠나온 별로 다시 날아갈 거라고 했다. 또한 위대한 정령 다그다의 환영을 받을 것이며, 그렇게 되면 새로운 이야기를 쓰게 될 것이고, 마침내 '진짜 이름'을 얻게 될 것이라고도 했다. 하지만 귀리온은 그 예언을 허황된 생각이라고 치부했다. 자신의 종족이 너무 멀리 떨어져 나왔다고, 자신들이 다시 날아오를 것이라는 희망은 바람에 실려 온 불꽃에 불과하다고 확신했다.

오거 사냥꾼 카타(Babd Catha, the Ogres' Bane) 〜

아발론의 오거들은 싸움터에서 카타보다 더 사나운 적을 만난 적이 없다. 스톤루트에 살던 어린 소녀였을 때, 카타는 오거의 습격으로 부모님과 가족을 잃었다. 음유시인들에 따르면, 오거들은 갑작스럽게 눈보라가 치는 동안 공격을 했기에, 그 뒤로 카타는 눈을 너무나도 두려워한다고 했다. 나중에 유명한 전사가 되었을 때조차, 싸우다가도 눈이 내릴라치면 싸움을 멈추고 도망칠 정도였다.

어린 나이에 가족들이 오거들의 손에 무참히 죽고, 자신 또한 다리를 크게 다쳐 늘 절름거렸지만, 이런 비극이 다시 일어나지 않기 위해서라면 무슨 짓이든 하겠다고 맹세했다. 열 살이 되었을 때, 숙련된 칼싸움꾼이 되었다. 그리고 바로 그해에 오거와 처음 싸웠다. 적을 곧장 죽이지는 못했지만, 그 오거는 겁을 잔뜩 집어먹고 올라나브람(스톤루트)의 높은 산꼭대기를 향해 달아났다. 카타를 돋보이게 만든 건 잔인함뿐만이 아니라 고집 때문이었다. 오거를 1천 킬로미터 이상 쫓아가 마침내 잡아 죽인 뒤, 그 머리카락을 잘라 셔츠에 매달았다. 이렇게 머리카락을 달고 다니는 것은 평생 동안 승리에 대한 소박한 전통이 되었다.

열세 살 때에는 인간이 사는 마을을 습격한 오거 스무 명 이상을 쓰러뜨렸다. 칼날이 넓적한 칼을 주로 사용했지만, 도끼, 곤봉, 창을 휘두르는 기술도 완벽했다. 열여섯 살 생일에는 셔츠 하나를 만들고도 남을 만큼 머리댕기를 충분히 모았다.

카타가 엘런의 추종자로서 '모두를 위한 공동체'에 합류하자 많은 사람이 깜짝 놀랐다. 이듬해 봄, 아발론 18년에, 카타는 최초 사제단의 일원이 되었다. 평생 동안 엘런, 리아, 멀린의 친구로 남았다. 멀린과 할리아의 결혼식에도 초대받았지만, 결혼식에 참석하는 대신 라나윈(파이어 루트)에서 오거들과의 싸움을 선택했다.

오거 사냥꾼 카타는 마법사 멀린이 상처를 치료해주며 준 마법사의 피 몇 방울 때문에 아주 오래 살았다. 마침내, '끝없는 불의 전투'에서 위대한 용 바질가라드의 목숨을 구하다 숨을 거둔다. 오거의 털로 짠 셔츠 수집품은 모두 에오피아 지도 제작자 학교에 남겼다.

바질가라드(Basilgarrad, Wing of Peace) ⊱

아발론에 살았던 가장 위대한 용. 바질가라드라는 이름은 '위대한 마음의 바질'이라는 뜻이다. 어디서 왔는지는 수수께끼로 남아 있다. 어떤 사람들은 바질가라드가 어느 날 갑자기 아발론에 나타났다고 믿는다. 어떤 사람들은 바질가라드가 어린 시절을 외딴곳에서 숨어 지냈다고 믿는다. 하지만 이처럼 커다란 용이 도대체 어디에 숨어 있을 수 있을까? 그래서 어떤 사람들은 바질가라드가 처음에는 아주 작은 평범한 도마뱀이었다고 주장한다. 물론 이런 주장도 믿기 힘든 건 사실이다. 어떤 경우든, 우리한테 알려진 바질가라드의 첫 번째 모험은 바람 누이 아일라와 함께한 위대한 여정이었다. 곧 바질가라드는 괴롭힘당하거나 공격받는 어린 생명체들을 열심히 보호하며 '평화의 날개'라는 이름을 얻게 된다. 바질가라드는 '폭풍의 전쟁'에서 용감하게 싸웠는데, 이 싸움은 살아 있는 전설이 되었다. 오랜 시간에 걸친 전쟁에서 요정, 인간, 독수리 종족의 편에 섰기에 동료 용들의 분노를 샀다. 하지만 커다란 몸집은 물론 뛰어난 기지로 전사로서의 비범한 능력을 유감없이 드러냈다. 때로는 한 번에 용 두세 마리를 물리치기도 했다.

이윽고, 마법사 멀린의 둘도 없는 친구가 되었다. 마법을 집어삼키는 치명적인 **크리릭스**에게서 멀린의 목숨을 구해주었다고 전해진다. 그리고 그 싸움 중에, 바질가라드는 처음으로 상처를 입었다. 이빨 하나가 부러진 것이다. 바질가라드는 아주 멀리까지 냄새를 뿜어낼 수 있는 비범한 능력을 지니고 있었다(바질가라드가 가장 좋아하는 냄새는 바로 바질 향이었다). 하지만 **우드루트** 서쪽 해안 출신의 초록 용이었기에, 불을 내뿜을 수 없다. 하지만 단단한 비늘이 불 용들이 내뿜는 불꽃에서 든든한 보호막이 되어주었다. 또한 엄청나게 넓은 날개 덕분에 하늘에서 재빠르게 날아갈 수 있었다. 무엇보다 꼬리가 가장 강력한 무기였다. 꼬리는 거대한 몸보다 더 길게 뻗어 있고, 그 꼬리 끝에는 굵고 단단한 곤봉이 달려 있었다. "바질가라드의 꼬리처럼 잔인한"이라는 말이 전해지는데, 이건 다 그럴 만한 이유가 있다. 그럼에도 바질가라드는 무척이나 부드럽게 행동할 수도 있었다. 평생의 짝이 된 **만냐** 앞에서 그랬던 것처럼 말이다. (만냐는 물 용임에도 불구하고 하늘을 날고 싶어 했다.)

아발론 694년에 폭풍의 전쟁이 마침내 끝났다. **리타 고르**와 리타 고르의 부하 **둠라가**를 상대로 바질가라드가 놀라운 승리를 거둔 덕분이었다. 이 전쟁이 끝난 뒤, 바질가라드는 멀린을 태우고 별까지 올라갔다. 그래서 멀린은 '마법사의 지팡이'라는 어두워진 별자리에 다시 불을 밝힐 수 있었다. 그런데 그 여행이 끝나고 나서 바질가라드는 수수께끼처럼 사라졌다. 수많은 사람이 바질가라드가 어디로 갔는지를 두고 이런저런 이야기를 하지만, 누구도 확실히 알 수 없었다.

배티 래드(Batty Lad) ⪜

탬윈은 수없이 많은 여행을 하면서도 이처럼 땅딸막하고 기묘하고 괴상한 생명체를 결코 본 적이 없었다. 시든 잎사귀처럼 쭈글쭈글한 날개의 박쥐를 닮은 외모 때문에 배티 래드라는 이름을 얻었다(그 이름 자체가 박쥐를 닮은 아이라는 뜻이다). 하지만 빛나는 초록색 눈동자 뒤에는 수수께끼 같은 뭔가가 숨어 있었다. 탬윈은 그게 뭔지 알 수 없었지만, 이 생명체와 함께 있으면 절로 웃음이 터져 나왔다. 어쩌면 얼굴이 작아 보이게 하는 컵처럼 생긴 귀 때문일지도 모른다. 아니면 유별나게 하늘을 나는 동작이라든가 특이한 말버릇 때문인지도 모른다. 아니면 또 다른 신비한 뭔가가 있을지도 모른다.

본로그 마운틴 마우스(Bonlog Mountain-Mouth) ⪜

거인 마법사 주볼다의 첫째 딸. 본로그는 난폭한 기질과 끊임없이 침을 질질 흘리는 커다란 입 때문에 아주 오랫동안 두려움의 대상이었다. 아발론 498년의 '메마른 봄 전투'에서 거인 심이 본로그의 목숨을 구해 줬다. 심은 우연히 본로그를 공격하는 녀석들 위로 쓰러졌을 뿐인데, 본로그는 너무나 고마워 심에게 입맞춤으로 감사의 뜻을 전하려 했다. 하지만 침이 뚝뚝 떨어지는 오므린 입술을 보자마자 심은 너무나 두려워

비명을 지르며 산악 지대로 숨어 버렸다. 수치심을 느낀 본로그는 뒤쫓아 갔지만, 심을 잡지 못하자 심에게 끔찍한 저주를 퍼부었다. 어찌된 영문인지, 거인 심은 점점 작아지더니 마침내 소인만 한 크기로 줄어들었다. 하지만 이런 불운도 본로그의 분노를 없애지는 못했다. 본로그는 복수를 꿈꾸며 계속해서 심을 쫓았다.

브리오나(Brionna) ⤘

숲의 요정. 숲의 요정 사이에서 존경받는 역사가 트레시미르의 손녀. 아발론의 다양한 종족의 언어, 관습 그리고 이야기를 배우며 자랐다. 트레시미르와 함께 섀도루트(그곳에서 요정들이 '어둠의 죽음'이라고 부르는 병에 걸려 죽을 뻔했다.)를 비롯해 많은 영토를 여행했다. 여느 요정들처럼, 브리오나는 모든 생명을 소중히 여기라는 가르침을 받고 자랐다. 이 때문에 노예로 끌려가 주술사 쿨위크를 도울 것인지 아니면 사랑하는 할아버지가 죽는 모습을 지켜볼 것인지 선택하라는 압박을 받았을 때 끔찍한 딜레마에 빠진다.

```
---
노예로
끌려갔다.
---
```

요정 소녀 브리오나는 호리호리한 몸에 강인하고 능숙한 궁수로, 탄력성이 좋은 삼나무로 만든 긴 활을 지니고 다닌다. 타고난 미인으로, 꿀색 머리카락을 길게 땋고 다닌다. 그리고 까칠하다. 독설가에 가깝다. 진초록 눈동자가 분노에 이글거릴 때면, 가까이에 있는 사람은 누구나 조심해야 한다. 그런데 스크리는 그 교훈을 늦게 얻었다.

또한 단단한 나무껍질로 만든 헐렁한 옷을 즐겨 입는다. 녹갈색 옷을 입으면 숲에서 사람들 눈에 잘 띄지 않는다. 이따금 꼼짝 않고 앉거나

서서 삼림 지대 영토의 수많은 경이로움을 감상하며 즐거운 순간을 갖는다. 하지만 너무나도 커다란 슬픔의 시간을 경험했다. 노예 주인의 채찍질로 생긴 상처보다 그 기억이 훨씬 더 고통스럽다.

카타(Catha) ⤳

은빛 날개의 매. '한쪽 귀의 류'의 증손자이자 드루마디안 사제, 류의 메리스다. 충직하고 용감하고 대범하다. 아주 오래전 멀린과 친구가 된 쇠황조롱이 트러블과 그 기백이 무척 닮았다. 전설적인 '오거 사냥꾼 카타'에서 이름을 따왔다.

시안(Ciann) ⤳

불꽃 천사. 아야노윈 종족 사람이기는 하지만 귀리온과 같은 마을에서 살아가는 동안, 둘은 닮은 점이라고는 눈을 씻고 봐도 없었다. 시안은 불꽃 천사들의 영광스러운 옛 시절을 그리워했지만, 불꽃 천사의 기본적인 삶의 원칙을 망각했다. 그래서 속죄를 구하기보다는 강력한 힘을 추구했다. 의미를 찾기보다는 형식을 쫓았다. 그래서 부족의 신성한 날 탬윈을 제물로 불태우려 한다.

코에리아(Coerria) ⤳

모두를 위한 공동체의 대사제. 젊은 여인이었지만, 나이에 비해 현명해서 드루마디안 연장자들에게 충격을 주었다. 무척이나 차분해서 동료 사제들은 코에리아를 '고요한 섬'이라고 부른다. 이제, 200살 가까이 되어 몸이 허약해졌지만, 그 지혜와 차분함은 그 어느 때보다 더 도드라졌다.

사랑하는 드루마디안 주거지의 땅과 정원을 걸어 다닐 때에도, 우줄라라는 이름의 벌집 정령 메리스가 코에리아의 긴 백발을 끊임없이 곧게 펴고 땋아준다. 코에리아가 걸어 다닐 때면 거미 실크로 짠 우아한 가운이 반짝거린다. 하지만 그 눈동자보다 더 밝게 빛나지는 못한다. 눈동자는 고산 지대의 호수처럼 푸르다. 그 오랜 세월에도 불구하고 감각이 예민하다. 3등급 수습 사제 엘리의 잠재력을 재빨리 알아차린 것처럼, 리니아의 개인적인 야망을 잘 알고 있다.

쿠타이카(Cuttayka) ⤚

독수리 종족. 부족 최고 파수꾼의 자리를 차지하기 위해 전사로서 자신의 기량을 증명해야 했다. 또한 파이어루트에 사는 브람 카이에 부족의 무자비한 지도자 퀘나이카에 대한 충성도 증명해야 했다. 쿠타이카는 이 두 가지를 여러 차례 증명해 보였다. 가슴의 수많은 상처가 이것들을 잘 드러낸다. 하지만 다부진 턱의 이 우람한 독수리 인간은 결국 퀘나이카가 아니라 자신의 부족에 충성할 것을 맹세한다.

데스 마콜(Death Macoll) ⤚

변장의 달인. 아발론에서 가장 위험한 암살자. 주술사 쿨위크가 데스 마콜에게 임무를 하나 떠맡겼다. 인간임에도, 데스 마콜은 체인질링처럼 아주 극적으로 외모를 바꿀 수 있는 능력이 있다. 한순간, 허리가 꾸부정한 노파로 나타났다 다음 순간, 작은 은빛 종을 옷에 주렁주렁 달고 거드름을 피우는 어릿광대가 되어 딸랑딸랑 종소리를 내며 돌아다닐 수도 있다. 이 밖에도 수많은 모습으로 변장할 수 있다. 데스 마콜의 원래 모습은 창백한 얼굴에 아무 감정 없는 회색 눈의 대머리 남자다.

변장술과 더불어, 누군가를 죽이기 직전에 느끼는 완전한 힘의 쾌감을 즐긴다. 그런 기쁨을 음미하고, 때로는 먹잇감의 죽음을 미룸으로써 그 느낌을 극대화시킨다. 젊은 시절 건강이 나빠졌을 때 부모는 자취를 감추었다. 그 시기, 데스 마콜은 강력한 힘을 갈망했다. 이제, 희생자에게 자신의 숨겨진 칼날을 밀어 넣을 때마다 자신의 힘을 즐긴다.

데스 마콜과 쿨위크는 사이가 좋지 않다. 서로 자신들 이익이 될 때면 이따금 함께 일했다. 하지만 데스 마콜이 젊은 사제 **엘리**를 사냥하도록 고용되었을 때, 오랜 관계는 변하게 되었다. 이제 이들의 목표는 단순히 누군가를 제거하는 게 아니라, 그 과정에서 엄청난 권력을 얻는 것이 되었다. 이 둘이 서로 나눠 갖고 싶어 하지 않는 권력을……

둠라가(Doomraga) ⪦

아발론에서 가장 무시무시한 늪 가장 깊은 어둠 속, 썩어가는 시체들이 즐비한 웅덩이 속에, 끔찍한 괴물 하나가 자신이 불러일으킨 불행과 고통에 비례해 점점 그 크기를 키우고 있었다. 둠라가는 두려움에 떠는 늪지 유령들에 둘러싸여, 분노의 함성을 내지르며 거대한 트롤의 몸집으로 자라났다. 붉은 외눈이 불길하게 빛났다. 자신이 모시는 주인, **리타 고르**가 곧 이곳에 오기로 되어 있었다. 아빌론을 정복하기 위해 이들이 오랫동안 호시탐탐 노려온 기회, 거대한 용 **바질가라드**를 짓눌러버릴 기회가 곧 찾아올 것이다.

드루마링(Drumalings) ⪦

나무를 닮은 기이한 생명체. 탬윈은 멀린의 옹이구멍에서 이 신기한 생명체를 처음 마주했다. 그리고 나서 나뭇가지 영토, 홀로사르에서 다시 만난다. 보통 사람보다 몸통이 두 배나 크고, 나무처럼 거친 피부는 비바람을 맞아 울퉁불퉁하다. 수많은 팔다리에는 무성한 풀이 자라났다. 울퉁불퉁한 몸통 한가운데에 얼굴이 있고, 얼굴에는 들쭉날쭉한 구멍 같은 입, 옹이 두 개처럼 생긴 코, 수직으로 찢어진 외눈이 달렸다. 잔가지처럼 크고 좁은 눈은 결코 깜빡이는 법이 없다. 드루마링은 말이 아니라 감정으로 생각하는데, 그 감정은 이따금 두려움과 포악한 분노로 바뀌기도 한다.

에단(Edan) ⇐

숲의 요정. 엘 우리엔 숲에서 뛰어난 사냥꾼으로 유명하다. 브리오나가 어린 시절에 일찌감치 배웠듯이, 그 성질머리로도 유명하다(그 이름은, 요정의 언어로, '불같은 기분'이라는 뜻이다). 설령 그렇다 할지라도, 브리오나와 에일린을 비롯한 다른 요정들과 마찬가지로, **아발론**이 진정으로 위협받지 않는 한, 전쟁에 참여하지 않을 것이다.

엘라노(Elano) ⇐

아발론의 위대한 나무의 나무뿌리, 나무둥치, 나뭇가지에서 흘러나와 생명을 주는 필수적인 수액. 엘라노는 엄청난 힘의 근원이다. 엘라노를 처음 발견한 멀린에게 이것은 '모든 마법의 총합', 힘과 지혜를 모두 지닌 물질처럼 보였다. 아발론 전역에 산재한 마법의 **관문**과 마찬가지로 멀린의 지팡이, **오니알레이**에는 엘라노가 풍부하다. 한쪽 귀의 류는 걸작 〈시클로 아발론(Cyclo Avalon)〉에서 엘라노의 생명을 주는 힘에 대해 처음으로 기록을 남겼다.

일곱 개의 신성한 요소들(Elements, Seven Sacred Elements) ⤚

아발론의 일곱 가지 신성한 요소들은 모두를 위한 공동체의 핵심적인 철학적 요소가 되었다. 공동체를 만든 **엘런**의 말에 따르면, "일곱 개의 신성한 요소들이 모여 전체를 이룬다." 땅, 공기, 불, 물, 생명, 명암, 신비. 이 각각의 요소는 수많은 서적, 노래, 명상을 자극했다. 다 함께, 이들은 엘라노의 생명을 주는 힘을 만들어냈다. 엘라노는 아발론의 위대한 나무 곳곳을 흘러간다. 그 힘 덕분에, 할라드의 비밀의 샘이 어떤 상처도 치유할 수 있었다. 관문이 여행자들을 머나먼 영토로 실어 나를 수 있었다. 멀린이 애지중지하는 지팡이, **오니알레이**가 지혜를 내뿜을 수 있었다. **이센위 평원의 엘로니아**가 탬윈에게 설명해준 것처럼, 새로운 생명을 만들어내는 머드메이커의 능력은 아발론의 일곱 요소들과 멀린의 마법을 결합해 생겨난 것이다.

엘리(Elli) ⤚

엘리는 '어둠의 해'가 시작된 이듬해에 **머드루트**에서 태어났다. 쾌활하고 재치 있는 아이로, 부모와 함께 머드루트를 떠돌아다녔다. 아버지는 드루마디안 사제로, 하프를 연주했다. 어머니는 약초 치유자로 아프리쿠아 정글의 식물이 지닌 치유의 능력에 대한 지식이 풍부했다. 그런데, 열 번째 생일 직전에 엘리의 삶은 갈가리 찢겼다. 땅의 요정들이 부모님을 죽이고 엘리를 노예로 끌고 간 것이다. 6년이라는 가혹한 시간 동안, 어두운 땅의 요정 지하 동굴에 갇혀 아버지의 하프를 연주하며 근근이 살아남았다. 마침내, 가까스로 탈출에 성공할 수 있었다. 아버지한테서 '모두를 위한 공동체'에 대해 들었기에, 엘리는 드루마디안 주거지로 가서 **아발론**을 창시한 정신적 지도자, **엘런**과 **리아**의 삶을 배왔다. (그런데 수수께끼 같은 우연의 일치로, 뉴익이라는 이름의 늙은 산봉우리 요정이 엘리와 같은 때에 주거지에 도착한다.)

맡은 의무를 그냥 넘겨 버리고 싶어 하고, 위대한 신전(그 기원은 거인의 춤에 이른다.)에서 조용히 명상하려고 공식적인 기도를 건너뛰려 했음에도, 엘리는 3등급 수습 사제가 되었다. 한편, 뉴익은 엘리의 충실한 메리스가 되었지만, 자신의 과거에 대해서는 밝히고 싶어 하지 않았다.

어린 시절의 상처와 노예로 지낸 트라우마에도 불구하고, 엘리의 웃음은 들종다리의 노래만큼이나 경쾌했다. 요정 정원만큼이나 풍성한 갈색 곱슬머리가 얼굴을 감싸, 녹갈색 눈을 돋보이게 해주었다. 자신이 언젠가 할라드의 '비밀의 샘'에서 길어온 마법의 치유 물이 든 물통을 지니게 되리라는 건 알지 못했지만, 그것보다 훨씬 더 귀중한 아버지의 하프를 늘 지니고 다녔다. 그러다 탬원을 만나게 된다.

'모두를 위한 공동체'의 대사제 코에리아를 만난 첫날부터, 엘리는 나이 든 대사제를 우러러보았다. 코에리아의 영혼은 사랑스럽고, 우아하고, 독특해 보였다. 코에리아가 입고 있는, 거미 실크로 짠 희미하게 빛나는 가운만큼이나…… 엘리는 그 가운을 남몰래 동경했다. 자신은 그처럼 아름다운 유산을 결코 물려받을 수 없다고 생각했지만 말이다. 어쩌면 그래서 엘리가 모두를 위한 공동체와 아발론의 미래에 아주 특별한 역할을 맡게 될 거라고 코엘리아가 예언했을 때, 그처럼 깜짝 놀랐던 건지도 모른다.

에손(Ethaun) ⪜

건장한 근육질 몸의 대장장이. 사람이라기보다는 우뚝 선 곰처럼 보인다. 근육질 두 팔은 풀무질하고 연장을 만드느라 나무뿌리처럼 울퉁불퉁하다. 가슴은 넓고 단단하다. 하지만 험상궂은 외모와 달리, 회색 턱수염에 이가 듬성듬성 빠진 입으로 짓는 웃음에는 친근한 심성이 드러난다. 에손은 "내 발톱을 간질여봐." 같은 표현을 좋아한다. 파이프 담배를 뻐끔거리며 이야기를 즐겨 들려준다.

에손에게는 모두에게 들려줄 매력적인 이야기가 무궁무진하다. 탬윈이 위대한 나무의 나무둥치 높은 곳, 멀린의 옹이구멍에서 에손을 만났을 때 알게 된 것처럼, 대장장이는 탬윈의 아버지 크리스탈루스와 함께 별을 향한 운명적인 탐사 여행을 떠났었다. 에손이 설명한대로, 그 여행을 통해 그 유명한 탐험가에 대해 많은 걸 알게 되었다. 하지만 마법의 횃불이 지닌 비밀도 알게 되었을까? 크리스탈루스가 결국 어떻게 되었는지 알고 있을까? 이 질문에 대한 대답은 어쩌면 너무 고통스러울 뿐만 아니라 모호할지도 모른다.

요정들(Faeries) ⪜

아발론 도처에서, 여행사들은 요정들의 아름다운 날갯짓 소리를 들을 수 있다. 모든 요정이 비슷한 소리를 낸다. 그래서 소리로 각양각색의 요정을 구별하기란 무척 어렵다. 가까이에서 살펴봐야만 제대로 알 수 있다. 왜냐고? 무척이나 다양한 요정 종족이 다양한 곳에 살고 있기 때문이다.

*물의 요정*은 투명한 사파이어처럼 우아하고, 반짝반짝 빛나는 푸른 날개가 눈에 띈다. 이들은 보통 은빛이 흐르는 파란색 옷을 입고, 이슬

방울 모양 신발을 신고, 마른 베리 벨트(허리띠)를 찬다. 부모들은 고등 껍데기로 만든 배낭 안에 꼬마 아이들을 넣고 다닌다.

안개 요정 또한 파란색 옷을 입는다. 안개 요정에게서 눈에 띄는 건 더듬이를 장식하는 자그마한 은색 종이다.

이에 반해 *산울타리 요정*은 초록색이고, 가시 달린 털로 몸이 덮여 있다. 산울타리 요정은 거짓말을 잘하기로 유명하다. (또한 남의 정원에서 음식을 훔치는 데도 일가견이 있다.)

*스타플라워 요정*에게는 노란색 부드러운 날개가 달렸다. 예술적 감각이 남달라서 나무뿌리와 고사리 잎에 밝은색 베리 화환을 남겨두곤 한다. 그러니 위대한 요정 장인 툴레 울티마가 스타플라워 요정이라는 사실은 전혀 놀랍지 않다.

*개박하 요정*은 입고 있는 옷 색깔이 아니라 독특한 행동으로 알아차릴 수 있다. 이들은 정말 미친 듯 거칠게 행동한다. 괴상하게 하늘을 나는 모습을 보고 있노라면, "개박하 요정보다 더 미친 녀석들"이라는 옛 속담이 왜 나왔는지 충분히 이해된다.

*진드기 요정*은 주로 스톤루트에서 볼 수 있는데, 아무리 요정이라 하더라도 몸집이 작아도 너무 작다. 진드기 요정들이 모여 사는 마을 전체가 탬윈의 엄지손톱만 했다.

*개 요정*은 충직하고 근면하다. 개 요정은 황갈색 털에 흰색 날개, 분홍색 혀가 달랑거렸다. (개 요정 여덟 명이 한 팀을 이뤄 밧줄을 잡아당겨 드루마디안 주거지의 버클 종을 울리도록 훈련받았다.)

*이끼 요정*은 투명한 날개가 달린 자그마한 초록색 인간처럼 보인다. 이들은 정원이나 숲에서 이끼를 즐겨 돌본다. 이끼 요정이 속이 빈 도토리에 물을 떠 나르는 모습을 이따금 볼 수 있다.

*물보라 요정*은 크기는 작지만 밝은 은빛 날개 때문에 쉽게 사람들 눈에 띈다. 폭포 또는 급류에 주로 모여 사는데, 수면 위에서 별처럼 물을 따라 흐르듯 일렁인다. 다 함께 하늘을 날 때면, 수면에서 물방울이 솟구치는 것 같은, 비가 하늘로 거꾸로 오르는 것 같은 멋진 장관을 연출한다.

페얼린(Fairlyn) ⋙

라일락 느릅나무 정령. **리니아**의 메리스가 되기 위해 우드루트에서 경이로운 향기로 유명한 페얼린 숲을 떠났다. 소중한 고향을 떠나는 건 정말 위대한 사랑의 행동이었다. 페얼린의 나뭇가지에는 잎사귀가 하나도 없다. 오직 심홍색 작은 싹이 줄줄이 달려 있을 뿐이다. 하지만 그 작은 싹은 기분에 따라 다양한 향기를 뿜어냈다. 방금 딴 장미 꽃잎 향이 난다면 아주 괜찮다. 하지만 방금 짓이긴 뼈 향이 난다면 조심할 것.

페얼린은 감미롭고 향기로운 목욕을 준비하는 데 특별한 재능이 있다. 수많은 팔로 액체, 가루, 반죽을 섞고 저으면서도 짙은 갈색 눈동자로 주변에 혹시 위험이 도사리고 있지는 않은지 살펴본다. 화가 나거나 조바심이 나지 않을 때에는 자신의 향기를 즐기는 요정들의 목록을 작성한다. 여느 니무 정령들처럼, 페얼린은 무한한 삶을 누릴 수 있다. 하지만 슬픔이나 끔찍한 상처로 인해 죽을 수도 있다.

프라이사(Fraitha) ⋙

아야노윈(불꽃 천사) 종족 **귀리온**의 여동생. 여느 불꽃 천사들과 마찬가지로 머리카락이 없고 날개도 힘을 잃어 날지 못한다. 프라이사의 영혼불꽃은 너무 약하게 타오르기에 더 이상 불꽃을 일으키지 못한다.

그렇다 할지라도, 탬윈이 발견한 것처럼, 자기 종족에 대한 희망과 엄청난 용기를 여전히 품고 있다. 귀리온의 아내 툴친느와 마찬가지로, 단단한 빨간색 덩굴로 만든 묵직한 숄을 걸친다. 프라이사가 연주하는 황색 플루트는 소리가 깊게 울려 퍼진다. 그 소리를 들으면 나선형 폭포의 음악이 떠오른다.

구울라카(Ghoulacas) ⫘

날개 달린 짐승. 주술사 쿨위크가 구울라카를 단 하나의 목적을 위해 길렀는데, 바로 적을 무자비하게 죽이는 것이다. 똑똑하지는 않지만 무척 위험하다. 잃어버린 핀카이라에서 마법을 삼키는 크리릭스가 두려움의 대상이었던 것처럼, 아발론 전역에서 두려움의 대상이었다. 거대한 새의 날개와 몸통은 투명에 가깝다. 그래서 피에 물든 발톱과 굽은 부리가 더 도드라진다. 울음소리는 무척 우렁차고 끔찍해서 먹잇감의 심장을 얼어붙게 만들 정도다. 쿨위크의 전사 할렉처럼 구울라카의 공격에서 다행히 목숨은 부지한다 할지라도, 큰 상처를 입을 수밖에 없다. 쿨위크에 대한 구울라카의 충성은 분노에 대한 두려움에서 나오는 것이기 때문에, 이들이 더 큰 두려움에 직면해서 쿨위크를 버릴 가능성은 늘 있었다. 그렇더라도, 이 살인마들은 야만적인 전사로서 죽을 때까지 싸운다.

그리콜로(Grikkolo) ⫘

어둠의 요정. 어둠의 요정 사이에서 벌어진 잔혹한 내전에서 살아남은 생존자 중 한 명. 새도루트에 있는 '빛을 잃어버린 도시'의 오래된 도서관 폐허에 숨어 지낸다. 호리호리하고 강인한 그리콜로는 숲의 요정

(브리오나 같은)을 닮았지만, 암탉이 낳은 알만큼이나 큰 은회색 눈으로 어둠 속에서도 아주 잘 볼 수 있다. 등이 엄청나게 굽고, 백발은 고사리 밭만큼 빽빽하다.

공부를 많이 했기에 무척 학구적이고 박식하게 말한다. 엘리와 뉴익에게 직접 설명한 것처럼, 그리콜로는 늘 음식이 아니라 정보(지식)에 굶주렸다. 그래서 애초에 도서관에 오게 된 것이다. 꽤 오랫동안 혼자 살았지만, 도서관을 가득 채운 수많은 책을 벗 삼아 지냈기에 외롭다고 느낀 적이 결코 없었다. 하지만 그리콜로 또한 자기 도서관 밖의 세상을 크게 걱정한다. 그래서 스스로를 겁쟁이라고 생각하기는 하지만, 엘리의 원정을 돕기 위해 무척이나 용감한 행동을 결심한다.

귀리온(Gwion) ⪜

아야노윈(불꽃 천사) 종족. 귀리온은 날개 달린 사람이다. 진갈색 털북숭이 피부는 불에 그슬린 나무껍질을 닮았다. 눈 또한 짙은 갈색이다. 생각하고 있을 때는 나지막하게 부는 휘파람처럼 종잡을 수 없는 소리를 낸다. 여동생 프라이사와 아내 툴츤느와 마찬가지로 머리카락이 하나도 없다. 탬윈은 귀리온을 만났을 때, 그러니까 둘이서 거대한 흰개미에 맞서 목숨을

> 귀리온은
> 과열되지 않았다.
> 오히려 평소보다
> 너무 차가웠다.

걸고 싸웠을 때, 귀리온의 뜨거운 몸을 보고 열 때문에 곧 죽을 거라고 생각했다. 하지만 당시 귀리온은 과열되지 않았다. 오히려 평소보다 너무 차가웠다.

아야노윈 종족은 아주 먼 곳에서 땅으로 떨어졌다. 위대한 지도자

오갈라드가 이들을 별에서부터 아발론으로 이끌었을 때, 이들의 주황색 영혼불꽃이 아주 약해져서 더 이상 불타오르지 않았다. 이제 까맣게 탄 석탄을 닮은, 날지 못하는 생명체가 되었다.

왜 이런 일이 일어났을까? 탐욕과 편협함이 그 원인이었다. 귀리온은 이렇게 설명했다.

"우리는 우리 스스로에게 말했어. 오직 우리만 무엇이 옳고 선한지 알고 있다고. 동시에, 우리는 위대한 나무를 우리 땅, 우리 소유물이라고 생각하기 시작했지. 우리가 원하는 대로 개발하고 사용할 수 있는 곳으로 말이야. 우리는 점점 낭비하고, 파괴하고, 근시안적이 되어갔어. 숲을 태워 땅을 갈고, 짐승들을 길렀어. 공기가 오염되고 강이 더러워져도 신경 쓰지 않았지. 그러고는 다른 숲으로 가서 똑같이 했어. 계속해서 반복해서 말이야."

귀리온은 자기 종족의 현명하고 영광스러운 시절로 돌아가고 싶어했다. 자신들이 쇠락하기 전으로 말이다. 그 시절은 '위대한 빛의 시대'로 알려졌는데, 중간 영토의 동굴과 터널에 있는 이야기그림에 잘 드러나 있다. 또한 귀리온은 자신의 피부에 불꽃이 다시 일기를 갈망했다. 어린 시절, 불붙은 뜨거운 석탄을 집어삼켜 영혼불꽃이 다시 밝아지기를 시도했었다. 그러다 미각을 잃고 말았지만 그 뒤로도 밝게 불타고 싶은 열망을 잃은 적이 한시도 없었다.

하크 야로우(Hac Yarrow) ⫷

스크리가 태어나기 한참 전, 하크 야로우는 일야크와 더불어 독수리 종족의 역사에서 가장 추앙받던 전설적인 비행사였다. 한 이야기에 따르면, 스톤루트의 산등성이 둥지에서 태어나 몇 분도 안 되어, 이 독수리 종족 소녀는 하늘 높이 떠가는 구름 한 점을 보고는 앙증맞은 팔을 하늘로 뻗었다고 한다. 하지만 뭉실뭉실 구름을 잡을 수 없었다. 너무 화가 나, 결국 몇 날 며칠을 울었다. 마침내 몸에 독수리 날개가 자라나자 눈물을 그쳤다고 한다. 일반적인 독수리 종족 사람들보다 훨씬 일찍 날개가 난 것이다. 즉각, 하크 야로우는 둥지에서 펄쩍 뛰어올라, 구름을 향해 날아갔다. 그 뒤로 평생 거의 하루도 빼놓지 않고 바람을 타고 날았다고 한다.

나이가 들었을 때, 누군가 왜 계속 하늘을 나는지 묻자, 하크 야로우는 이렇게 대답했다.

"아직 그 구름을 찾지 못했거든."

할라드(Halaad) 🜚

머드루트(맬록)의 머드메이커. 어린 시절, 땅의 요정들한테 잔인한 공격을 받았을 때 할라드는 걷잡을 수 없는 자기 종족의 생존 방식을 익혔다. 할라드는 크게 상처를 입고 엘라노가 풍부한 평원의 진흙에서 솟아나는 샘 옆으로 기어들어 갔다. 이 마법의 물 덕분에 즉각 상처가 아물었다.

아발론 421년, 할라드의 '비밀의 샘'이 발견되었다. 이 샘은 아발론 전역의 음유시인들의 이야기와 노래에서 아주 오랫동안 명성이 자자했지만, 그 정확한 위치는 머드메이커들 사이에서 비밀로 통했다. 처음 발견된 뒤 수 세기 동안, 머드메이커를 제외하고는 오직 둘만 그 샘을 찾을 수 있었다. 한 명은 바로 위대한 마법사 멀린이고, 나머지 한 명은 이센위의 엘로니아가 '메이커'라고 부른 젊은이 탬윈이었다.

할로나(Halona) ⟨⟩

할로나는 플레임론 공주로 태어났다. 하지만 전쟁에 대한 무모한 열정, 정령의 장군 **리타** 고르에 대한 무조건적 찬양, 인간을 포함한 다른 종족에 대한 멸시 등 플레임론 종족이 추구하는 기본적인 가치를 따르지 않는다. 인간 탐험가 **크리스탈루스 에오피아**가 죽임을 당할 위기에 처한 모습을 보았을 때, 할로나는 용감하게 행동했다. 할로나는 크리스탈루스를 구해내 안전한 곳으로 이끌었다. 그러고는, 예상치도 못하게, 둘은 사랑에 빠졌다. 어둠의 예언이 지닌 엄청난 위험을 무시하고, 둘은 아발론 985년, 어둠의 해에 결혼해 아이를 낳았다. 할로나와 크리스탈루스는 아이 이름을 **탬원**이라고 지었는데, 플레임론 언어로 '어둠의 불꽃'이라는 뜻이다. 비극적으로, 탬원이 태어나고 얼마 안 되어 이 가족은 공격을 받았다. 할로나는 크리스탈루스가 죽었다고 생각해, 아들을 안고 **파이어루트** 화산 땅 외딴 절벽으로 탈출했다.

언덕 꼭대기에서 낯선 노인 하나가 두 사람의 목숨을 구해줬다. 동시에, 노인은 이들에게 최근에 고아가 된 독수리 소년 **스크리**를 데려왔다. 이후 스크리는 탬원과 형제처럼 지내게 된다. 할로나는 크리스탈루스를 잃은 슬픔에 빠졌지만, 탬원에게 아버지가 누군지 결코 말하지 않았다. 아버지가 누군지 알게 되면 아들이 위험에 빠질지 모른다고 걱정했기 때문이다. 한편, 할로나는 탬원과 스크리가 함께 탐험하고, 놀고, 씨름하며 우애 좋게 지내는 모습을 보고 무척 기뻐한다. 마침내, 할로나는 탬원도 이제 자신의 뿌리에 대해 알 나이가 되었다고 판단했다. 하지만 아들에게 진실을 말하기도 전에, 쿨위크의 사주를 받은 **구울라카** 무리가 **관문**을 통해 날아와 할로나를 죽여 버린다.

벨라미르(Belamir, Hanwan Belamir) 〰

소박한 정원사로, 정원 일을 즐긴다. 거친 손에는 흙이 잔뜩 묻어 있다. 소매가 넓은 소박한 회색 옷을 즐겨 입는데, 옷에는 정원 도구를 위한 고리와 주머니가 잔뜩 달렸다. 목에 마늘 구근 목걸이를 달고 다니고, 땅을 파느라 엄지손가락 손톱 하나가 부러졌다.

그런데 이런 외모와 달리, 벨라미르는 단순한 정원사가 아니다. 쩌렁쩌렁 울리는 굵은 목소리의 카리스마 넘치는 스승으로서, 선진 농사 기술을 가르친다. 하지만 결과적으로 우드루트의 '번영의 마을'을 파괴로 이끈다. 그곳은 풍성한 정착지로, 주변 숲으로 둘러싸여 있었다. 하지만 벨라미르의 가르

> ···
> **이후 그 누구도
> 이처럼 공경받은 적은
> 없었다.**
> ···

침은 농사일에 그치지 않았다. 자연의 '선의의 수호자'로서의 인간의 '특별한 역할'에 대한 벨라미르의 신념은 인간이 다른 생명체들을 '지배'하는 게 정당하다는 이론으로 이어졌다. 그리고 이런 이론은 결국 '인류 우선 운동'을 낳고, 이 운동은 점차 독선적이고 공격적으로 변했다. 인류 우선 운동은 '모두를 위한 공동체'의 기본 원칙 즉, 살아 있는 생명체늘 간의 소화와 상호 존중을 노골적으로 멸시하기에 이르렀다. 또한 인간이 다른 생명체들을 폭력적으로 공격하도록 부추겼다.

요정을 비롯해 다른 생명체들은 벨라미르를 비난했지만, 인간 추종자들은 계속 늘어났다. 그 결과 명예의 표현인 '올로'라는 이름이 붙어 올로 벨라미르로 불리게 되었다. 사실, '올로 에오피아'로 불린 멀린 이후 그 누구도 이처럼 공경받은 적은 없었다. 하지만 벨라미르 자신은 그런 관심을 비웃었다. 스스로를 '겸손한 정원사'라 즐겨 불렀다.

하골(Hargol) 〜

물 용의 최고 지도자. 하골은 늘 황금빛 산호로 만든 보석 박힌 왕관을 쓰고, 흑진주 수천 개를 해초에 매단 커다란 귀고리를 달고 있다. 그래서 고개를 돌릴 때마다 짤랑짤랑 소리가 난다. 또한 커다란 주둥이는 보석 박힌 조개로 장식되어 있다. 하골의 사나운 초록 눈은 무척 예리하고, 귀는 요정 배의 돛만큼 큼지막했다. 여느 물 용처럼, 커다란 몸통에는 빙하의 파란색부터 짙은 보라색에 이르기까지 다양한 색의 비늘이 덮여 있다. 동굴 한가운데에서 말할 때면, 그 목소리는 폭포처럼 쩌렁쩌렁 울려 퍼진다. 너무 크게 울려서 동굴 천장을 장식해놓은 불가사리가 부하들 위로 비처럼 우수수 쏟아지곤 한다.

하골은 브린칠라(워터루트) 깊숙한 곳, 무지개 바다 한가운데 동굴에 산다. 폭풍의 전쟁에서 평화를 위해 싸운 용감한 최고 지도자 벤데짓의 직계 후손으로, 하골 또한 평화를 원한다. 또한 배움이 깊고 여러 언어에 능숙하다. 하지만 무척 위험할 수도 있다(엘리가 깨달은 것처럼). 여느 물 용과 마찬가지로, 화가 나면 파란색 얼음을 내뿜는다. 그리고 대부분의 물 용처럼, 아름답고 강력한 힘이 있는 보석과 수정을 탐낸다. 사실, 하골에게는 특별한 능력이 있다. 아무리 멀리 있다 할지라도 수정의 위치와 그 마법의 힘을 알아차릴 수 있다.

할렉(Harlech) 〜

두려움을 모르는 거구의 전사. 허리띠에 칼날이 넓적한 칼 하나, 양날 칼 하나, 단검 두 자루를 주렁주렁 매달고 다닌다. 이따금 도끼도 차고 다니기도 한다. 할렉이 두려워하는 건 딱 하나밖에 없다. 주인, 주술사 쿨위크의 분노가 바로 그것이다. 턱에는 깊은 상처가 하나 있는데,

치명적인 구울라카의 공격으로 입은 것이다. 그리고 싸움에서 자신을 이긴 유일한 사람, 독수리 인간 스크리에게 특별히 증오를 품고 있다.

하르시나(Harshna) ⤳

곱스켄의 옛 전사-왕. 두 가지 뛰어난 자질로 후대에 기억되고 있다. 그 첫째는 전쟁터에서 보여주는 가차 없는 사악함이고, 둘째는 믿기지 않을 정도로 지독한 입 냄새였다. 적의 칼조차 그 입 냄새를 견디지 못할 정도였다고 한다. 오늘날까지도, 곱스켄 전사들은 승리를 위해 그 이름을 외친다. 곱스켄 청년들은 친절, 정직, 동정 따위의 아무짝에도 쓸모없는 짓을 보일라치면 하르시나의 유령이 아이의 뇌를 먹어 치울 거라는 협박을 받으며 성장한다.

호킨(Hawkeen) ⤳

황금빛 눈의 독수리 소년. 스톤루트의 이예 칼라크야 부족 고향 마을이 공격당한 뒤 살아남은 얼마 안 되는 생존자 중 한 명이었다. 공격자들이 할리아의 산봉우리 옆 외딴 곳에 지은 부족의 둥지에 내려왔을 때, 어린 호킨은 목숨을 걸고 싸웠지만 싸움은 순식간에 끝나고 수많은 사망자를 낳았다. 마을의 치유자인 아르크 카야와 호킨의 어머니도 가슴에 화살이 관통해 목숨을 잃었다. 부족의 무덤에서, 독수리 소년은 어머니를 추억하며 노래를 불렀다. 그 노래는 아이의 애처로운 외침과 독수리의 울부짖는 외침이 뒤섞여 있었다. "오 어머니, 나의 배여, 높은 곳의 나의 선박이여! 당신은 보이지 않는 곳으로, 두려움 너머로 흘러갔습니다. 더 이상 흘릴 눈물이 없을 만큼 당신이 그립습니다."

노래를 마친 호킨의 시선은 독수리 인간 스크리와 마주쳤다. 스크리

또한 자신의 어머니를 살인자의 화살에 잃었다. 호킨은 스크리의 힘 안에서 한자락 희망을 발견했다. 스크리는 독수리 소년에게서 자신의 어린 시절을 발견했다. 호킨의 표정에 분노와 결의가 뒤섞여 있다는 걸 알았다. 호킨과 스크리 사이의 유대는 점점 커져서 이센위 전투에서 함께 힘을 합쳐 싸울 것이다.

헬빈(Helvin) ⤆

아야노윈 불꽃 천사들이 사랑하는 음유시인. 태어날 때부터 앞을 볼 수 없었지만 나머지 감각들은 무척 예민하고, 묘사 능력이 너무 생생했다. 덕분에 헬빈의 풍부하고 매혹적인 이야기는 불꽃 천사들의 첫 번째 '이야기그림'에 커다란 영감을 주었다. 그 이야기는 오늘날 위대한 나무의 중간 영토 전역에 있는 굴과 터널 벽을 뒤덮고 있는 뛰어난 벽화로 남아 있다. 탬원의 친구 귀리온 또한 이야기화가로, 귀리온은 헬빈의 오갈라드 이야기를 가장 좋아한다. 불꽃 천사들을 이끌고 지혜와 영광의 시대를 이끈 오갈라드 이야기는 불꽃 천사들이 언젠가 다시 한번 밝게 불타오르리라는, 그리고 별까지 솟구쳐 오르는 꿈을 실현시켜줄 거라는 희망을 주기 때문이다.

헤니(Henni Hoolah) ⤆

훌라. 크기는 탬원의 절반밖에 안 되지만 장난치는 능력은 두 배 이상이다. 조심성이라고는 눈곱만큼도 없다. 유머 감각도 없다. 위엄이라고는 눈 씻고 찾아봐도 없다. 기본적으로 아무런 센스도 없다. 헤니에게 삶은 그저 놀이에 불과해서 장난이 너무나 즐겁기만 하다. 위험은 아무 문제도 되지 않는다. 헤니는 탬원을 만난 지 얼마 안 되어 이렇게 말했다.

"나는 죽음의 덫이 너무 좋아."

다른 훌라와 마찬가지로, 헤니는 손이 무척 크다. (나무에 오르거나 열매를 던지는 데 꽤 쓸모 있다.) 은색 눈은 둥근 눈썹에 둘러싸여 있다. 탬원의 어설픈 모습을 보면 크게 웃음을 터트린다. 그리고 귀에 거슬리는 소리를 낸다.

"이히 이히 후후히히 하하하."

그 소리는 숲 끝에서 다른 끝까지 들릴 정도다. 종족의 관습에 따라, 헤니는 간소하게 옷을 입는다. 자루처럼 헐렁한 옷을 입고 빨간 헤드밴드만 두른다. 허리춤에는 고무줄 새총을 달고 다닌다.

그런데 그런 헤니가 점차 변할지도 모른다. 조심성 있게 행동하며, 다른 사람을 걱정하는 모습을 실제로 보여주기까지 한다. 그리고 목숨이 (자신의 목숨을 포함해서) 얼마나 소중한지 깨달은 것처럼 보일지도 모른다. 하지만 이런 변화는 계속되지 않을 것 같다. 적어도 지금, 이 모든 건 탬원에게 열매를 던지거나 탬원을 나선형 폭포로 밀어 넣을 때만큼 기쁨이 크지 않기 때문이다.

허웰(Hywel)

드루마디안 최고 연장자. 허웰은 그 누구보다 드루마디안 주거지에 오래 살았다. 거의 이백 살이 된 **코에리아** 대사제보다도 오래 살았다. 몇몇 원로가 태어나기도 전부터 **모두를 위한 공동체**의 원로로 있었다. 허웰은 '정확한 시간 및 예절 분과' 주임 사제로, 자신의 직책을 매우 진지하게 여겼다. 결국, 이런 전통의 상당수가 최초의 사제, **엘런**과 **리아**의 시절까지 거슬러 올라갔다.

버클 종이 울릴 때면, 허웰은 얼마 안 남은 청력을 보호하기 위해 양털 귀마개를 끼고 그 옆에 서 있다. (버클 종은 거인의 벨트 버클로 만들었는데, 불 용이 불을 뿜어 녹인 뒤, 소인들이 주조하고 요정 예술가들이 장식했다.) 소리는 거의 들을 수 없었지만 시력은 여전히 뛰어나서 이제 막 공식적인 기도를 시작한 젊은 수습 사제들이 제대로 규율을 따르는지 아닌지 금방 알아차릴 수 있다.

일야크(Ilyakk) ⤜

하크 야로우를 제외하고, 독수리 종족 중에서 일야크보다 하늘을 더 즐겨 날아다니는 사람은 없을 것이다. 그리고 스크리를 제외하고, 일야크보다 더 용맹하게 하늘을 난 사람도 없을 것이다. 스톤루트에 사는 젊은이로서, 일야크는 가장 높은 화산 꼭대기까지 날아오르겠다고 결심했다. 그 목표가 너무 쉽다는 걸 알고 난 뒤, 거센 바람을 타고 더 높이 솟구쳐, 불 용들이 사는 언덕까지 올라갔다. 마침내, 너무 지쳐 더 이상 날 수 없을 지경이 되었을 때, 잠시 내려앉아 쉬었다. 땅이 아니라 하늘을 날던 불 용의 비늘 덮인 주둥이에……. 그 용은, 이 대담한 젊은이에 호기심이 일어, 일야크를 태우고 더 높이 날아가 마침내 이들은 위대한 나무의 위로 뻗은 나무둥치 산등성이를 보게 된다. 이 경험으로 이 독수리 소년은 더 높은 욕망을 품게 되었다. 나이가 들어가며, 일야크는 끊임없이 높이 더 높이 날아가려 했다. 일렁이는 바다와 그 너머까지……. 아발론의 뿌리 영토에 사는 그 누구도(물론, 멀린을 태우고 별까지 날아간 위대한 용 바질가라드를 제외하고) 일야크만큼 높이 날아오르지는 못했다.

임볼카(Imbolca) ⤖

드루마디안 사제로, **리니아**의 든든한 지원군이다. 임볼카는 모두를 위한 공동체가 원래의 순수함을 되찾아야 한다고 믿었다. 또한 3등급 수습 사제 **엘리**를 총애하는 **코에리아** 대사제에 크게 반발했다. 임볼카의 고약한 기분은 자신의 메리스, 고양이 메브가 누군가를 할퀼 때마다 살짝 좋아진다.

커윈(Kerwin) ⤖

독수리 종족. 스톤루트(올라나브람)의 티에르나윈 부족의 지도자로, 수많은 전투에서 명예롭게 싸워 독수리 종족 전사로서의 위대한 능력을 입증해 보였다. 동료 독수리 종족 **스크리**와 마찬가지로, 커윈은 무척 잔인하게 싸웠지만, 늘 명예를 잊지 않았다. 그러니 이센위 전투가 벌어지기 전에 진행된 평화 협상에서 **아발론** 동맹군의 대표 중 하나로 커윈이 선택받은 것도 당연하다. 갈색 피부, 빛나는 눈동자, 검은 줄무늬 독수리 깃털의 커윈은 독수리 종족의 삶의 방식을 철저하게 따랐다.

크리-엘라(Kree-ella) ⤖

파이어루트에 사는 브람 카이에 부족의 일원. 이 독수리 종족 여인은 부족 지도자 **퀘나이카**의 잔인한 스타일에 저항할 만큼 정말이지 대담하고 무모했다. 퀘나이카는 크리-엘라를 붙잡아 고문하고 죽이라고, 그러고 나서 다른 배반자들에게 본보기가 되도록 기둥에 매달라고 명령했다. 바로 이런 것이 바로 브람 카이에 부족 지도자의 성품이었다. **스크리**는 이런 지도자를 상대해야 했다.

크리스탈루스(Krystallus Eopia) ⤛

아발론 27년, 미래에 아발론의 위대한 탐험가가 될 소년이 마법사 멀린과 사슴 여인 할리아 사이에서 태어났다. 거인 심이 입 맞추려 할 때 자칫 짓뭉개질 뻔했지만 기적처럼 살아남았다. 사슴처럼 우아하게 달리는 엄마의 능력은 물론 아빠의 마법의 능력 또한 물려받지는 못했기에, 크리스탈루스는 심각한 자기 회의감에 빠졌다. 하지만 아주 어린 시절부터 탐험에 대한 강력한 열정을 보여주었다. 마법사 혈통 덕분에 특별히 긴 생명의 축복을 받아, 아발론의 수많은 머나먼 지역으로 탐험하는 최초의 인간이 되었다. 위대한 나무의 나무둥치 안 깊숙한 곳, 위대한 나무의 심재도 탐험했다. 경쟁자인 요정 여왕 세렐라와 마찬가지로, 크리스탈루스는 수많은 탐험 동안 관문을 찾아서 여행하는 데 상당히 전문적 기술을 발전시켰다. 또한 **워터루트**에 지도 제작자 학교를 세우고, 원 안에 든 별을 상징으로 선택했는데, 그것은 장소와 시간 사이를 마법의 힘으로 이동하는 도약을 의미했다.

> ···
> **이 모든 것으로 볼 때
> 별로 가는 여행 어딘가에서
> 이 위대한 탐험가가
> 죽었으리라는 건 확실하다.**
> ···

어둠의 해에, 크리스탈루스는 **파이어루트**로 여행을 떠났다. 플레임론의 공격을 받았지만 뒤이어 플레임론 공주 할로나 덕분에 살아남았다. 위험한 어둠의 예언에도 불구하고, 둘은 결혼해서 아이를 얻었다. 하지만 할로나가 출산하자마자, 이 가족은 잔인한 공격을 받았다. 크리스탈루스는 가까스로 탈출할 수 있었지만, 아내와 아들 탬윈이 목숨을 잃었다고 생각했다.

슬픔에 싸인 크리스탈루스는 평생 가장 갈망하던 여행에 나섰다. 별로 가는 비밀 통로를 찾는 것. 하지만 자신은 물론이고 탐험에 함께했던 사람들 모두 돌아오지 못했다. 아발론의 가장 높은 영토로 가는 루트에 대해 크리스탈루스가 어떤 단서를 남겼는지 아무도 몰랐다. 멀린한테서 선물로 받은 마법의 횃불이 어떻게 되었는지도 아무도 몰랐다. 크리스탈루스가 죽지 않고 살아 있는 한, 횃불은 꺼지지 않고 타오를 것이다. 이 모든 것으로 볼 때 별로 가는 여행 어딘가에서 이 위대한 탐험가가 죽었으리라는 건 확실하다.

쿨위크(Kulwych, White Hands) ⌇

주술사. 워터루트 북쪽 끝, 하이 브린칠라의 프리즘 골짜기 돌벽의 어두운 그림자 속에서 서성인다. 망토를 입은 이 주술사의 창백한 손을 제외하고는 아무것도 볼 수 없다(그래서 '하얀 손'이라고도 부른다). 손톱은 굽었고, 매끄러운 피부에는 굳은살 하나 없다. 나머지는 감추어져 있다. 하지만 창자를 꺼내 읽고 버린 시체, 포로로 잡혀 삶이 무너진 생명체들을 보면 쿨위크가 어떤 인간인지 쉽게 드러난다. 포로들은 협곡을 가로지르는 엄청난 댐을 만들도록 내몰렸다. 왜 댐을 만드는지는 쿨위크 자신과 쿨위크의 주인만 알고 있다. 쿨위크의 주인은 정령의 영토의 장군, 리타 고르다.

협곡에 바람이 세차게 불 때면, 망토 모자를 머리에 꾹 눌러 쓰고 다닌다. 자신에게 반대하는 생명체들을 싫어하는 것만큼이나 바람을 몹시 싫어하는 듯했다. 마침내, 탬윈이 쿨위크의 모자를 벗겼을 때, 주술사의 얼굴은 살아 있는 사람의 것이 아니었다. 한때 귀였을 툭 튀어나온 곳에서부터 턱까지 들쭉날쭉 상처가 사선으로 나 있고, 코는 짓뭉개져 있었다. 오른쪽 눈이 있어야 할 곳에는 그저 휑한 구멍 하나만 남아 있고, 거기에는 딱지와 팅팅 부은 혈관만 있었다. 불에 타 버린 입은 입술 없는 커다란 상처에 불과했다. 그렇다 할지라도, **엘리와 탬윈**이 알아차린 것처럼, 쿨위크의 가장 무서운 부분은 얼굴이 아니라 마음이었다.

누가 이런 추한 꼴을 안겼을까? 쿨위크에 따르면, 그건 바로 멀린이었다. 폭풍의 전쟁 한가운데에서, 쿨위크는 살고자 하는 의지 덕분에 가까스로 살아남을 수 있었다. 하지만 수 세기 동안 엄청난 고통을 안고 살았다. 그 시간 내내, 멀린과 멀린이 사랑하는 **아발론**을 상대로 최후의 복수를 꿈꿨다.

호수 여인(Lady of the Lake) ⤳

모든 영토를 통틀어 가장 공경받으면서도 두려움의 대상이다. 호수 여인은 처음 **아발론**의 우드루트 가장 깊은 숲에서 모습을 보였다. 어디서 왔는지, 또는 어찌하여 그렇게 강력한 힘을 얻게 되었는지, 누구도 모른다. 어디에 사는지, 그 정확한 위치조차도 확인된 적이 없었다. 호수 여인을 찾아 나선 수많은 용감한 영혼들 중에서, 돌아온 사람은 극히 드물었다.

어떤 사람들은 호수 여인이 모양을 바꾸는 주술사라고 믿는다. 탄생과 번영과 부활의 신 **로리란다**의 화신이라고 주장하는 사람도 있다. 새로운 **아바사**라고 부르는 나무에 사는 노파에 불과하다고 주장하는 사람도 있다. 주위에는 늘 빛나는 **경쾌한 비행사**들이 둘러싸고 있으며, 리버탕 열매를 즐겨 먹는다. 호수 여인이 진정 누구이든, 호수 여인은 마법의 동굴을 둘러싸고 일렁이는 안개만큼이나 짙은 수수께끼에 둘러싸여 있다.

오직 자신만이 아는 이유 때문에, 호수 여인은 오랫동안 모두를 위한 공동체를 지지했다. 하지만 **대사제 코에리아**조차도 호수 여인을 딱 한 번밖에 보지 못했다. 그것도 환영의 모습으로만……. 푸른빛을 받으며 나타났을 때, 호수 여인은 그 유명한 어둠의 예언을 읊었다.

별들이 어두워지는 해가 오고
곧 믿음이 사라지리라.
아발론에 종말을 가져올 아이가
태어날 것이니,

그 아름다운 세상을 구할
별 아래 유일한 희망은
살아 있는 멀린이리라.
마법사의 진정한 후계자이리라.

이윽고 호수 여인은 비밀 하나를 알려주었다. 멀린과 멀린의 소중한 지팡이 **오니알레이**에 관한 비밀이었다. 대사제 코에리아는 이 비밀을 한동안 아무에게도 말하지 않았다. 하지만 코에리아가 **엘리**라는 이름의 젊은 수습 사제를 만났을 때 마침내 바뀌게 된다.

르 펜 플레이스(Le-fen-flaith) ⫷

에어루트의 공기 요정들 사이에서 르 펜 플레이스는 가장 위대한 건축가로 추앙받는다. 수많은 건축물을 설계했는데, 그중에는 기발한 구름 조각품, 공기 하프 줄을 단단히 고정하기 위한 닻도 있다. 하지만 가장 야망적이고 실용적인 프로젝트는 머드루트와 에어루트 사이 안개 자욱한 곳에 구름 실로 짠 밧줄로 다리를 놓는 것이었다. 이 다리는 수세기가 지나 아발론 702년에 완공되었다. 사람들은 이곳을 '안개 다리'라고 부르기 시작했다. 공기 요정 외에 호수 여인과 산봉우리 요정 뉴익이 이 다리를 처음으로 건넜다.

류(Lleu) ⥲

큰 키에 빼빼 마른 사제. 날카로운 눈매, 두껍고 짙은 눈썹이 특징이다. 언제나 메리스 카타와 함께 다닌다. 카타는 은빛 날개의 매로, 류의 어깨에 즐겨 앉는다. 류는 드루마디안 주거지에서 지낼 때, 엘리의 아버지와 절친한 사이였다. 그리고 이제 대사제 코에리아와 무척 가까운 사이다. 류는 드루마디안 원칙에 따르기보다는 자신의 개인적 야망에 따라 행동하는 리니아 사제에게 큰 의혹을 품는다. 한편, 류는 아발론을 수호하기 위해서라면 무엇이든 할 각오가 되어 있었다.

류의 할아버지, 한쪽 귀의 류는 아발론 초창기 엘런의 원년(최초) 제자였다. 또한 드루마디안의 유명한 서적 〈시클로 아발론〉의 저자이기도 하다.

리니아(Llynia) ⥲

드루마디안의 '선택받은 자'가 되었다. 자연스럽게 대사제가 될 사람이라는 뜻이다. 하지만 리니아의 오만과 야망은 '모두를 위한 공동체'의 기본 원칙을 지키겠다는 약속을 뛰어넘었다. 리아(리아논) 이후 가장 젊은 '선택받은 자'였을 뿐만 아니라, 미래를 보는 환영(幻影) 능력을 지녔다. 리니아에게 이따금 막연하게 환영이 나타나기는 했지만, 이것은 유명해지기에 또한 정치적 야욕에서 유리하기에 충분한 능력이었다. 리니아가 스스로에게 자주 말한 것처럼, 자신이 최고의 권력자 자리에 오르기 위해서라면 필요한 무슨 수단이라도 다 쓰겠다고 결심했다. 드루마디안에 다시 한번 영광을 가져올 수 있다는 순수한 신념을 지녔기 때문이다.

대사제 **코에리아**는 리니아에게 다른 사제들처럼 소박한 녹갈색 옷을 입으라고, 겸손해지라고 충고했다. 하지만 리니아는 자신이 곧 성공할 것이라 확신했다. 턱에 특이한 초록색 세모 모양의 표식이 생긴 이후에도 자신의 우월성을 굳게 믿었다. 뜻밖에도 **호수 여인**이 자신을 냉대한 이후에도, 그리고 자신의 메리스 페얼린이 마침내 자신을 거부한 이후에도 변함이 없었다. 그 이후, 현명한 스승 올로 벨라미르가 리니아의 뛰어난 덕을 높이 사, 리니아를 '예언자'라고 선언했다.

롯(Lott) 🥄

롯이 이엉장이로 일꾼들 옆에서 시시콜콜 명령을 내리는 일보다 더 좋아하는 것은 상다리가 휘어지도록 차린 음식을 배가 터지게 먹어 치우고 나서 늘어지게 낮잠을 자는 것뿐이다. 이렇게 몇 년을 살다 보니, 거대한 배가 출렁거리는 엄청난 뚱보가 되어 있었다. 통통한 볼살 위로 깊이 꺼진 눈은 흡사 아몬드 두 개를 밀가루 반죽 덩어리에 꽂아놓은 것 같았다. 롯은 특히 **탬원**을 못살게 굴었다. 롯은 탬원을 향해 "멍청한 굼벵이", "쓸모없는 게으름뱅이", "지독한 전염병 같은 놈!"이라고 욕을 퍼부었다. 거친 **스톤루트** 중부 지방에 사는 많은 사람과 마찬가지로, 롯은 욕을 입에 달고 살았다.

마나나운(Mananaum) ⫷

아야노윈(불꽃 천사)의 마지막 예언자. 위대한 나무의 나무둥치 속, 거꾸로 흐르는 나선형 폭포 근처에 자리 잡은 마을에 살았다. 탬윈이 귀리온의 종족이 사는 마을에 도착하기 얼마 전에 죽었다. 불꽃 천사 종족의 영혼불꽃은 거의 꺼질 만큼 희미해졌는데, 이런 비극에도 불구하고 마나나운은 희망의 예언을 남기고 떠났다. 불꽃 천사들이 언젠가 날개에 힘이 생기고 찬란한 불꽃을 되찾을 거라고, 아주 오래전 오갈라드의 시절에 떠나온 별로 다시 날아갈 거라고 예언했다. 또한 위대한 정령다그다의 환대를 받을 것이며, 마침내 '진짜 이름'을 얻게 될 거라고도 했다. 그렇게 되면 아야노윈은 새로운 이야기를 쓰게 될 것이다.

만냐(Marnya) ⫷

물 용의 최고지도자 벤데짓의 딸. 젊은 시절에는 무지개 바다에서 헤엄치며 돌아다녔다. 워터루트의 일렁이는 파도 속에서 만냐의 눈부시도록 빛나는 푸른 비늘과 코발트블루 눈은 밝게 빛났다. 하지만 이 모험심 강한 젊은 용은 뭔가 다른 것을 꿈꾸었다. 물 용이 한 번도 꿈꿔보지 못한 꿈을. 즉, 하늘을 날고 싶어 했다. 마침내, 용감한 용 바질가라드가 만냐에게 하늘을 나는 법을 직접 보여주었다. 이에 만냐는 자신의 충직함과 사랑의 힘으로 보답했다.

메리스(Maryths) ⫷

모두를 위한 공동체의 사제들은 누구나 메리스와 함께 다닐 수 있었다. 메리스는 사제가 드루마디안으로 살아가는 동안 끝까지 충성으로 함께하는 독특한 동반자였다. 멀린과 용감한 매 트러블 사이의 우정에

고무되어, 공동체의 창립자들은 인간을 제외한 모든 생명체가 메리스가 될 수 있다고 선언했다. 엘런의 말에 따를 것 같으면, "우리의 친구, 메리스들은 우리 모두가 잊지 않고 다른 노래에 귀를 열게 해줄 것이다. 아무리 선율이 다르고 리듬이 낯설더라도 말이다." 그 결과, 산봉우리 요정 뉴익, 라일락 느릅나무 정령 페얼린, 용맹한 매 **카타**, 벌집 정령 우줄라에 이르기까지 다양한 메리스가 존재했다.

> "우리의 친구, 메리스들은 우리 모두가 잊지 않고 다른 노래에 귀를 열게 해줄 것이다. 아무리 선율이 다르고 리듬이 낯설더라도 말이다."

몰키(Maulkee) ⋐

파이어루트의 배신자 브람 카이에 부족의 지도자 퀘나이카에게, 몰키는 가장 전도유망한 부하다. 하지만 몰키가 치유자 **아르크 카야**를 살해하는 장면을 목격한 독수리 인간 **스크리**에게, 몰키는 그저 잔인한 전사에 불과하다. 몰키는 단단한 근육질에 어깨가 넓으며, 거만하게 웃을 때 입이 자주 일그러진다. 싸움의 기술에 능숙할 뿐만 아니라 싸움 자체도 즐긴다. 싸움터에서 스크리와 마주했을 때, 이 두 전사는 분노를 노골적으로 드러냈다. 하지만 스크리는 몰키와 싸우던 중에 갑자기 이상한 감정을 느끼게 된다. 가증스러운 비웃음 너머로, 난폭한 눈길 너머로, 몰키의 얼굴에 이상하게도 익숙해 보이는 무언가가 있었다. 몰키는 스크리의 아들이었던 것이다.

모리곤(Morrigon)

벨라미르의 제자. 무척이나 기운이 넘쳐서 스승 벨라미르에게 실질적으로 헌신했다. 또한 무척이나 야비해서 벨라미르의 인류 우선 운동이 폭력적인 행동으로 변질되게 꼬드겼다. 반지빠른 하관과 덥수룩한 백발의 노인이지만, 활쏘기에 뛰어나다. 그런데 브리오나의 호기심을 자극한 건 모리곤의 활쏘기 솜씨가 아니었다. 아니, 바로 모리곤의 눈이다. 눈이 충혈되어 어색하게 분홍빛을 띠는데, 체인질링 표식일 수도 있다.

무세오(Museo) ⤳

눈물방울 모양의 투명한 생명체. 음유시인 올레윈이 한쪽으로 비딱하게 쓴 모자 안에 몸을 숨기고 있다가 마침내 노래할 시간이 되면 모습을 드러낸다. 무세오의 구르는 듯한 고음을 넘나드는 흥얼거림은 그 노래를 듣는 청중의 넋을 잃게 한다. 이 풍부한 콧노래에는 수많은 감정이 깃들어 있어, 듣는 사람들에게 무척이나 큰 감명을 준다. 무세오의 목에서 나오는 음계는 무척이나 깊다.

파란색 또는 초록색으로 몸을 바꿀 수 있기는 하지만, 피부는 늘 황금빛을 띤다. 무세오는 섀도루트에서 태어났지만 보기 드물다. 수 세기 전에, 영원한 밤의 영토에서 쫓겨났기 때문이다. 그 이후, 자신이 선택한 음유시인과 함께 아발론의 다른 뿌리-영토들을 방황했다. 언제나 눈에 띄는 대로 집을 찾아다니며, 잊을 수 없는 집을 노래했다.

네 가트레치(Neh Gawthrech) ⤳

아발론 어디서나 체인질링은 두려움의 대상이었지만, 네 가트레치만큼 두려움의 대상인 체인질링은 없었다. 완벽한 변장술과 재빠른 공격으로 널리 알려졌는데, 너무 재빨리 변신하기에 목격자들은 발톱과 엄니 자국과 희생자의 피만 볼 수 있었다. 이 체인질링의 진짜 머리는 세모 모양에, 커다란 낫처럼 휜 엄니, 분노로 이글거리는 진홍색 눈동자라고 알려졌다. 스톤루트의 메마른 샘 근처 동굴에서 마지막으로 목격되었으며, 주술사 쿨위크와 동맹을 맺은 것으로 추측된다.

뉴익(Nuic) ⌇

산봉우리 요정. 올라나브람(스톤루트)의 높은 봉우리에서 온 뉴익은 **엘리**의 어깨에 올라탈 정도로 아주 작다. 하지만 퉁명스럽고 무뚝뚝한 태도에 깊은 애정이 숨어 있는 것처럼, 작은 몸집에 거대한 지혜와 경험이 숨어 있다. 여느 산봉우리 요정처럼, 빛나는 은빛 실의 그물을 만들어낼 수 있는데, 그것은 낙하산 역할을 해서 절벽 아래로 둥둥 떠내려갈 수 있다. 하지만 뉴익이 가장 좋아하는 기분 전환은 정적인 것이다. 즉, 뉴익은 상쾌한 산속 개울 안에서 느긋하게 즐기는 목욕을 가장 좋아한다. 능숙한 약초 채집가로서, 때때로 채식주의자 음식과 약초 치료제를 찾아다닌다. 산봉우리 요정은 (거인과 마찬가지로) 천 년 이상 살 수 있다고 알려져 있지만, 뉴익이 정확히 얼마나 오래 살았는지는 수수께끼로 남아 있다. 산봉우리 요정보다 더 오래 살 수 있는 유한한 생명체는 마법사뿐이다. 그래서 뉴익이 엘리의 메러스가 되기 아주 오래전에, **호수 여인**의 친구였다는 사실은 전혀 놀랍지 않다.

뉴익은 **에어루트**(이 스윌라나)의 유명한 안개 다리를 처음 건넜다. 또한 멀린과 할리아의 결혼식에 참석하기도 했다. 이 결혼식은 아발론 27년에 일곱 영토의 가장 높은 산봉우리에서 거행되었다.

맑은 보라색 눈과 초록색 머리카락이 인상적이기는 하지만, 가장 눈에 띄는 색은 피부에 나타난다. 뉴익의 피부는 수많은 색으로 변하며 다양한 감정을 드러낸다. 오렌지색은 조바심을, 회색은 침울하거나 진지함을, 빨간색은 분노를, 노란색은 배고픔을, 흐릿한 파란색은 만족감을, 진보라색은 자부심을 나타낸다. 흰색과 황금색은 아주 드물게 나타나기 때문에, 엘리가 그 색을 보면 퍽 놀라곤 한다. 서리가 내려앉은 것 같은 흰색은 두려움을, 빛나는 황금색은 놀람을 나타낸다. 더불어, 엘리가 발견한 것처럼, 한 가지 더 희귀하게 나타나는 색이 있는데, 바로 연보라색으로 순수한 애정을 나타낸다.

오바와 오신(Obba and Ossyn) ⤐

이 두 형제의 지능을 합해도 바보 멍청이만도 못했다. 이 둘은 어리석을 뿐만 아니라 잔인했다. 아발론의 끔찍한 '어둠의 해'에 '하얀 손'이라 불리는 주술사 쿨위크가 오바와 오신을 고용했다. 두 사람의 임무는 멀린의 진정한 후계자가 될 아이를 찾는 일이었다. 그 임무를 위해 이들은 사냥용 활을 메고 파이어루트의 화산 땅으로 갔다. …… 이윽고 스크리라는 이름의 독수리 소년의 둥지를 찾아냈다.

오갈라드(Ogallad) ⤐

아야노윈(불꽃 천사) 최초의 위대한 지도자. 아주 오래전, 위대한 정령 다그다가 직접 선물한 겨우살이 황금 화관을 쓰고 불꽃 천사들을 이끌고 별에서 내려왔다. 이야기그림으로 이 종족의 삶을 기록하기 한참 전이었다. 오갈라드는 불꽃 천사들을 이끌고 위대한 나무 아발론의 중간 영토로 내려와 지혜와 영광의 시대를 이끌었다. (이때를 '위대한 빛의 시대'라 부른다.) 오늘날, 귀리온, 프라이사, 툴친느, 마나나운 등 수많은 불꽃 천사들의 마음속에서 오갈라드의 기억이 환하게 타오르고 있

다. 그 기억은 언젠가 위대한 빛이 되살아나리라는 작은 희망의 불씨를
일으킨다.

올레윈(Olewyn)

음유시인. 이 기이한, 늙은 음유시인은 **아발론**의 정말 예상치 못한
장소에 불쑥 나타나곤 한다. 기괴할 뿐만 아니라 우스꽝스러워 보이기
도 하다. 턱수염은 옆으로 삐쭉 자라 있고, 한쪽으로 비딱하게 쓴 모자
에는 **무세오**가 숨어 있다. 짙은 눈은 무척 젊어 보이면서 또한 무척 늙
어 보이기도 한다. 하지만 이런 외모, 특이한 행동, 경쾌한 발걸음에도
불구하고, 진지한 뭔가가 있다. 올레윈이라는 이름은 전설적인 **인어 여
인 올웬**을 닮았다. 자신의 종족과 조상의 땅을 떠나 **잃어버린 핀카이
라의 투아하**와 결혼했다(올웬은 멀린의 할머니다). 하지만 이름의 유사성
은 단순히 우연의 일치에 불과할지도 모른다. 누구도 제대로 설명할 수
없다. 음유시인의 정체에 대한 것처럼……

팰리미스트(Palimyst)

탈리온 종족. 나뭇가지-영토 **홀로사르**에 사는 가장 진기한 생명체다.
(홀로사르라는 이름은 탈리온 종족 말로 '가장 낮은 영토'라는 뜻이다. 위대한 나무
의 높은 나뭇가지를 탐험했지만, 저 아래 뿌리-영토의 존재를 알지 못했기에 이런
이름이 생겼다.) **탬윈**이 처음 팰리미스트
를 만났을 때, 이 생명체가 자신에게 기
이하게 보였던 것처럼 자신 또한 기이하
게 보였으리라는 사실을 깨달았다. 팰
리미스트는 탬윈보다 두 배나 컸다. 근

> ···
> **팰리미스트는
> 탬윈보다 두 배나 컸다.**
> ···

육질 팔 두 개, 털북숭이 굽은 등, 나무뿌리처럼 두꺼운 다리 하나가 있다. 뛰어난 공예가로, 손재주가 좋다. 양손에 각각 일곱 개의 길고 정교한 손가락이 달렸다.

팰리미스트는 총명한 눈으로 탬윈을 보고 영웅으로서의 자질과 희망을 곧장 알아차리고, 전설적인 하늘 천막의 솔기, **시간의 강**에 대해 들려준다.

팰리미스트는 공예가이자 수집가로서, 직접 만든 천막에서 살고 있다. 그 천막 안에 자신이 엮고, 깎고, 조각한 물건을 전시해놓았는데, 그 다양한 물건들은 모두 한 가지 근본적인 특징을 공유했다. 즉, 모두 무한한 자연에서 얻은 재료를 유한한 생명체의 손으로 만든 것이다. 팰리미스트는 이렇게 설명했다.

"그 물건들은 자연의 아름다움 그리고 손길의 아름다움을 같이 품고 있어."

탬윈은 팰리미스트 종족의 기이하고 조용한 춤을 목격한다. 이들은 다 함께 손을 꼭 잡고 둥글게 서서 껑충껑충 뛰며 고개 숙여 인사한다. 커다란 몸집을 하나의 다리로 균형을 잡아 움직여야 했지만, 흘러가는 구름처럼 유연했기에 춤은 무척이나 대조적이었다.

젊은 프윌(Pwyll the Younger) ⟜

젊은 프윌은 시인 아버지의 길을 따라 역사상 가장 유명한 음유시인이 되었다. 핀카이라 사람들이 음유시인 **카이르프레**를 사랑했듯, 아발론 사람들은 프윌의 시와 노래를 무척 사랑했다. 프윌은 인간의 오류 가능성, 탐욕, 거만, 편협함에 대해 주로 노래했다. 같은 시대에 활동했던 윌레니아와 대조적으로, 프윌은 인류에 대해 비관적인 견해를 지녔다. 승리가 아닌 비극을 노래했다.

"죽을 운명의 자들은 모두 주의하라,

이 경고에 주의를 기울여라

믿음이 오만으로 바뀌거나,

기쁨이 욕심으로 바뀔 때

믿음은 자유로운 자의

날개가 아닌 족쇄가 된다.

그러면 당신의 마음은 힘들어지고,

당신의 신념은 타락하게 된다."

퀘나이카(Quenaykhha) ⤚

파이어루트의 화산 땅에 사는 브람 카이에 부족의 무자비한 지도자.
추종자들에게는 '퀸'으로 알려졌다. 퀘나이카가 통치하던 시절, 브람 카
이에 부족은 살아남기 위해 도둑질과 살인을 일삼으며 힘겨운 시간을
보내야 했다. 독수리 종족의 오랜 전통인 명예를 버리고, 이 배신자 집
단은 다른 부족을 공격하며 약탈하기 시작했다. 속도와 발톱을 이용해
싸우지 않고 북식한 나무 활과 회살을 사용했다. 이들의 검은색 날개
와 빨간색 다리 밴드를 보는 것만으로도 모두 공포에 질려 비명을 지르
며 달아났다. 스크리가 치유자 **아르크 카야**의 죽음을 목격했을 때처럼
말이다. 퀘나이카가 **리타 고르** 밑에서 일하는 주술사 **쿨위크**와 동맹을
맺었다는 사실을 알게 되면 이 비명은 더욱 커질 것이다.

그런데 퀘나이카에게는 다른 면이 있었다. 퀘나이카의 추종자들, 쿠
타이카와 **몰키**조차도 이런 면은 알지 못했다. 퀘나이카의 의외의 모습

을 알고 있는 사람은 딱 한 명, 독수리 인간 **스크리**였다. 스크리는 아주 오래전에 퀘나이카를 만났는데, 그때 이 영토에서 피는 유일한 꽃, 파이어 블룸을 보며 기뻐했었다. 아니, 혹시 그것이 스크리를 유혹에 빠트리려는 책략이었을까? 스크리는 사실이 무엇인지 확신이 서지 않았지만, 브람 카이에의 극악무도한 행동을 멈추기 위해서라면 무엇이든 해야겠다고 결심했다. 그래서 스크리는 이들의 외딴 둥지로 여행을 떠나, 퀘나이카의 리더십에 대항했다. 하지만 그곳에서 기다리고 있을 놀라움과 시련을 알지 못했다.

루딘(Ruthyn) ⇌

모두를 위한 공동체 사제 중에서 루딘만큼 별에 관심이 있는 사람은 아무도 없었다. 루딘은 밤낮으로 별을 연구했다. 루딘의 어머니가 용감한 탐험가로서, **크리스탈루스 에오피아**가 아발론의 가장 높은 곳까지 불운한 여행을 할 때 함께 했다는 사실을 아는 사람은 코에리아 대사제밖에 없었다. 그 여행에서 돌아온 사람은 아무도 없었다. 죽은 엄마의 표식을 찾으려 했든, 아니면 그저 지식을 추구하려 했든, 루딘은 결국 별자리의 역사와 전설에 대해 해박한 지식을 갖추게 되었다. 하지만 별의 진정한 본성에 대한 불후의 수수께끼는 풀지 못했다.

스크리(Scree) ⇌

용맹하고 결단력 있는 독수리 종족. 스크리는 하늘을 거침없이 날아다니며 누구보다 용맹하고 결단력 있게 행동했지만, 마음속 깊은 곳에서는 자신의 능력과 삶의 진정한 목표에 대해 늘 회의를 품고 괴로워한다. 파이어루트의 불타는 절벽 둥지에서 태어났는데, 어머니의 손길을 아주 잠깐만 느꼈을 뿐이다. 주술사 쿨위크가 멀린의 진정한 후계자를 찾기 위해 고용한 사람들한테 어머니가 죽임을 당했기 때문이다. 그 끔찍했던 밤, 스크리는 너무 어려서 자기 뜻대로 독수리의 모습으로 변신할 수 없었다. 하지만 자신과 탬윈의 목숨을 구해준 불가사의한 노인과의 대화 한마디 한마디를 다 기억한다. 그 뒤로 그 노인이 어둠의 예언에 대해, 아발론의 미래에 대해 그리고 귀중한 멀린의 지팡이에 대해 자신에게 해준 말을 이따금 떠올린다.

인간의 모습을 하고 있을 때면, 굽은 코와 뾰족한 발톱이 돋보인다. 모든 독수리 종족의 특징이다. 그뿐만 아니라 노란색 테두리의 커다란 눈으로 저 멀리까지 놀라울 정도로 또렷하게 볼 수 있다. 독수리의 모습으로 변신하면, 적을 향해 재빨리 내려앉아 능숙한 검객이 칼날을 휘두르는 것처럼 발톱을 휘두른다. 이 날개 달린 전사는 아래로 내려앉을 때면 날카롭게 울부짖는다. 반은 독수리이고 반은 인간의 울음소리에 대부분의 사람들은 달아나 숨어 버린다. 그런데 요정 소녀 브리오나는 달랐다. 브리오나는 스크리가 자신을 향해 달려들 때 꼼짝 않고 있었을 뿐만 아니라, 활을 쏘아 하늘에서 스크리를 떨어뜨렸다.

스크리는 자신이 보호하겠다고 약속한 지팡이에 희미하게 새겨 있는 룬 문자를 읽는 것만큼이나 자신의 미래를 읽기 힘들었다. 자신의 길을 찾기 위해, 또한 자신이 '동생'이라고 부르는 인간을 돕기 위해, 우선 자신의 과거에 대한 진실을 알아내야만 한다. 그 여정을 통해 스크리는 배신자 퀘나이카와 마주해야 할 것이다. …… 발톱의 상처보다 깊은 상처를 치유하는 법도 배우게 될 것이다.

세렐라(Serella) ⊂≋

우드루트(엘 우리엔)의 '끊임없이 흐르는 강' 상류에 사는 요정. 요정 세렐라는 어릴 때부터 탐험에 대한 강한 호기심을 드러냈다. 두 살 때, 여름 내내 비룡 가족을 관찰하면서 비룡의 습관을 익히며 보냈다. 일곱 살 때는 작은 뗏목을 만들어 보급품을 잔뜩 싣고 강을 타고 내려가며 한 달 동안 모험을 했다. 부모는 세렐라의 실종에 무척 걱정했지만, 마침내 아무 탈 없이 무사히 돌아오자, 딸이 놀라운 용기와 적응력을 보여주었다는 걸 알게 되었다. 부모는 딸이 또다시 모험을 떠나겠다고 하자 더 이상 말리지 않고 황야 여행, 지도 제작, 다양한 언어로 의사소통하는 법을 가르쳐주었다. 딸에 대한 이런 부모의 믿음은 충분히 증명되었다. 아발론 51년에 세렐라는 우드루트 동쪽에 있는 마법의 **관문**을 발견했으니까.

시간이 흘러, 관문을 찾는 위험한 기술을 익혀, 유한한 생명체로서는 최초로 **위대한 나무** 안쪽 통로를 통해 여행하고 살아남았다. 또한 리더십도 탁월해서 숲의 요정들 사이에서 수많은 추종자를 모았다. 숲의 요정들은 결국 세렐라를 여왕으로 추대했다. 관문을 통해 여행하는 기술을 완벽하게 익힌 뒤, **워터루트**를 포함해 **아발론** 곳곳으로 탐험대를 이끌었다.

워터루트로의 여행은 워터루트 무지개 바다 근처에 요정들의 첫 식민지 '크르 세렐라'를 건설하는 것으로 절정에 이르렀다. 이렇게 해서 '물의 요정의 공동체'가 탄생했다. 물의 요정들은 세렐라를 기리며 또한 자신들의 뿌리에 대한 기억으로 '초록 숲에 둘러싸인 무지갯빛 파도'를 상징으로 삼았다. 오늘날까지도 그 상징은 요정 배들의 돛을 장식하고 있다.

세렐라는 동료 탐험가 **크리스탈루스**와 마찬가지로 관문을 통한 여행을 계속했다. 둘은 오랫동안 경쟁자로 지냈지만, 놀라운 사건의 전개로 이들은 사랑하는 사이가 되었다. 그 뒤로, 둘은 가파른 절벽을 함께 오르거나 미지의 숲을 함께 걸었다. 물론 서로 경쟁하기는 했지만 끈끈한 관계를 즐겼다. 마침내 세렐라가 섀도루트로 가서 끔찍한 '어둠의 죽음'이라는 질병의 원인을 알아내기로 결심했을 때, 크리스탈루스는 가지 못하게 막았다. 하지만 세렐라는 결국 탐험대를 이끌고 떠났다. 세렐라가 원정에서 돌아오지 않자, 크리스탈루스는 애써 찾아봤지만 소용이 없었다. 세렐라는 크리스탈루스의 꿈에 나타나 이렇게 말했다.

"할 수 있을 때 세상을 탐험해! 탐험이야말로 삶의 목표이고 우리가 숨 쉬는 이유니까."

모두를 위한 공동체(Society of the Whole) ➥

멀린의 마법의 씨앗에서 싹튼 새로운 세상 아발론 초창기에 세워진 이 공동체는 아발론 사람들에게 최고의 도덕적 권위를 지닌 존재가 되었다. 엘런과 엘런의 딸 리아의 지도 아래, 이 공동체는 두 개의 기본적인 원칙을 만들어냈다. 첫째, 살아 있는 생명체들은 모두 조화와 상호 존중 속에서 더불어 살아야 하며 둘째, 생명을 지탱해주는 위대한 나무를 보호하는 데 힘을 합쳐야 한다. 이 새로운 시조는 일곱 요소들에 초점을 맞추었다. 엘런의 말에 따르면 "땅, 공기, 불, 물, 생명, 명암, 신비, 이 일곱 개의 신성한 요소들이 모여 전체를 이룬다."고 한다.

위대한 정령 다그다(그리고 멀린의 친구 심이 이끄는 몇몇 거인들)의 도움으로, 엘런과 리아는 잃어버린 핀카이라로 여행을 떠나 그 유명한 거인의 춤이 있던 자리에서 커다란 원형 돌무더기를 찾아냈다. 함께, 이들은 그 신성한 돌무더기를 아발론의 주거지로 가져와 위대한 신전을 세웠다. 그 뒤로, 드루마디안 사람들(엘런은 핀카이라의 드루마 숲에 대한 존경의 표시로 공동체 구성원을 이렇게 불렀다.)은 최초의 사제단을 꾸렸다. 여기에는 한쪽 귀의 류, 트릴링 종족의 마지막 생존자 크웬, 오거 사냥꾼 카타도 포함되었다. 전통이 꽃피우며, 수 세기 동안 공동체는 번성했다. 공동체의 신념은 정원처럼 활기차고 버클 종만큼 견고했다. (이 쇠 종은 거인의 벨트로 만들었다. 용이 불꽃을 내뿜어 녹이고, 소인이 모양을 빚고, 요정 장인들이 정교하게 장식했다. 이 종은 드루마디안의 가장 기본적인 이상, 즉 모든 생명체의 통합과 협력을 상징했다.) 드루마디안 사람들의 가장 유명한 전통은 메리스를 데리고 다니는 것이다. 인간을 제외하고 어떤 생명체든 메리스가 될 수 있다. 메리스는 사제들의 평생 친구다.

하지만 이윽고, 공동체는 그 이상에서 벗어나게 된다. 자신의 위상과 힘에 치중한 나머지, 점점 오만해지고 경직되어갔다. 결국 아발론 413년, 엄마의 뒤를 이어 대사제로 있던 리아가 공동체를 갑자기 떠나게 된다. **코에리아**가 대사제의 실크 가운을 입었을 때(그랜드 엘루사가 엘런을 위해 만들어준 가운이다.) 공동체의 문제가 아발론의 문제에 필적하게 되었다. 사실, 공동체의 생존 그 자체는 코에리아 대사제, 라일락 느릅나무 정령 페얼린, 무뚝뚝한 산봉우리 요정 **뉴익**, 사제 류, 벌집 정령 우줄라, 거기에 신비한 **호수 여인** 등 수많은 사람들의 용기, 지혜, 희생을 필요로 할 것이다. 하지만 **엘리**라는 이름의 3등급 젊은 수습 사제보다 더 결정적인 역할을 할 사람은 아무도 없었다.

탬윈(Tamwyn Eopia) 〰

탬윈(탬윈 에오피아)은 아발론 985년(무시무시한 '어둠의 해')에 **파이어루트**에서 태어났다. 플레임론 공주 할로나와 유명한 탐험가 **크리스탈루스**의 아들이다. 탬윈이라는 이름은 플레임론 언어로 '어둠의 불꽃'을 의미한다. 탬윈은 자신의 진짜 운명이 무엇인지, 어둠인지 빛인지 늘 궁금했다. 탬윈이 태어나자마자, 피가 섞인 종족에 대한 편견에 사로잡힌 플레임론들이 이 가족을 공격했다. 크리스탈루스는 무사히 도망쳤지만 부인과 아이는 죽었을 거라고 믿었다. 슬픔에 잠긴 크리스탈루스는 자신의 오랜 삶에서 가장 위험한 탐험에 나섰다. 즉, 별에 이르는 길을 찾는 원정. 한편, 할로나와 탬윈은 화산 땅으로 숨어들었다. 불가사의한 노인을 만나고, 고아가 된 독수리 소년 **스크리**와 탬윈은 형제처럼 지낸다. 한편, 할로나는 **구울라카**의 공격에 목숨을 잃는다. 탬윈은 열 살의 나이에 돌연히 관문을 통해 **스톤루트**로 여행을 떠났다. 7년 동안 잃어버린 형을 찾아다니며, 황무지 길잡이이자 노동자로 일했다. 늘 자신의 나이를 비밀에 부쳤는데, 그건 어둠의 예언에서 말하는 아이일지도 모른다는 사람들 사이에 만연한 두려움 때문이었다.

탬윈은 꽤 서툴고, 때로는 불운한 시간을 겪었지만, 여전히 별까지 이르는 여행을 꿈꾸며 마치 빛나는 들판이라도 되는 것처럼 별 사이를 달리고 싶었다. 언제부터인지 모르지만, 달리기를 무척 좋아했다. 때때로, 사슴처럼 우아하고 빠르게 달렸다. 그러다 마침내 신비에 싸인 **호수 여인**을 만나게 된다. 이 재능이 자신의 할머니, **할리아**가 준 선물이라는 걸 까마득히 몰랐다. (할리아는 잃어버린 핀카이라의 사슴 여인으로, 아발론 초창기에 마법사 멀린과 결혼했다.) 그때도 자신이 멀린의 진정한 후계자가 아니라 어둠의 예언에서 말한 아이일지도 모른다고 의심을 품었다.

검은 머리카락을 길게 늘어뜨린 탬윈의 눈동자 또한 검은 빛이었다. 언제나 맨발로 돌아다녔다. 어깨에는 단출한 배낭을 걸쳐 멨다. 허리에는 작은 석영 종이 달려 있었는데, 그 부드러운 소리는 위안이 된다. 그 종소리를 듣고 있으면 '종의 땅'이 떠오르기 때문이다. 또한 오래된 단검을 하나 가지고 다니는데, 주로 나무를 깎는 데 사용한다. 농부의 들판에서 파 올린 단검은 사실 '땅의 선물'이었다. (그 기원은 놀랍게도 리타 고르와 연결되어 있다.) 주머니 안에 철광석 한 쌍과 마른 풀 부싯깃을 넣어 다니는데, 그것으로 황야에서 모닥불을 피운다. 탬윈은 자신이 '마법의 불꽃'을 만드는 비밀을 알아낼 수 있을지 궁금했다. 마찬가지로, 자신의 삶의 불꽃이 밝게 피어날지 어둡게 피어날지 궁금했다. 진실을 알아내려면 위대한 정령 다그다와 로리란다의 도움은 물론 엄청난 용기가 필요할 것이다.

툴레 울티마(Thule Ultima)

위대한 요정 예술가. 노란색 부드러운 날개가 달린 이 스타플라워 요정은 아발론 3세기에 살았다. 툴레 울티마는 몇 주 동안 한시도 쉬지 않고 모두를 위한 공동체 대사제 저택에 있는 아름다운 참나무 출입구를 조각했다. 또한 에어루트의 구름 나무의 눈에 거의 보이지 않는 나무껍질을 조각하는 완벽한 기술을 발휘했다. 하지만 가장 유명한 예술품은 엘 우리엔 숲에서 모여든 견습생들과 함께 하모나 나무로 깎아 만든 악기였다. 그 악기는 음악의 마법으로 가득 차서, 산들바람이 살짝 불어오기만 해도 아름다운 선율의 음악을 연주한다.

트레시미르(Tressimir)

숲의 요정. 역사가. 존경받는 숲의 요정 역사가가 되기 전, 트레시미르는 아발론의 역사에서 수많은 위대한 순간들을 직접 보았다. 크리스탈 루스가 에오피아 지도 제작자 학교를 짓는 걸 도와줬고, 바질가라드를 타고 '끝없는 불의 전투'에 참전했으며, 신비에 싸인 호수 여인을 직접 만나기도 했다.

하지만 트레시미르가 가장 기뻐한 것은 이보다 훨씬 소박했다. 즉, 숲에서 꼼짝 않고 있는 능력이 있고 진초록 눈동자와 뾰족한 귀를 닮은 손녀 브리오나와의 깊은 유대다. 둘은 유일한 피붙이였다. 초록색 풀을 엮어 만든 옷에서

> ●●●
> **자신의 삶이
> 빛나 보이기를
> 희망했다.**
> ●●●

는 때때로 레몬밤 향이 나는데, 레몬밤은 아픈 관절을 치료하는 데 쓰인다.

요정들 사이에서는 트레시미르가 엘 우리엔의 숲에 자라는 나무들의 이름을 모두 알고 있고, 또한 나무가 계절을 나는 모습, 소리, 경험을 모두 묘사할 수 있다고 전해진다. 트레시미르는 자신이 죽으면 '엘나 레브람'으로 알려진 늙은 너도밤나무 아래 묻히고 싶다고 손녀 브리오나에게 말했다. ('엘나 레브람'이라는 이름은 '깊은 뿌리, 긴 기억'이라는 뜻이다.) 트레시미르는 자신이 은빛 꽃, 월계수 뿌리, 영구화 잎사귀로 엮은 수의를 겹겹이 입고 있는 모습을 상상했다. 그리고 자신의 삶이 요정들이 근처 강에 띄우는 송진 밀랍으로 만든 초의 불꽃처럼 빛나 보이기를 희망했다. 아주 작지만, 저 위의 어두운 가지에 빛을 밝힐 수 있는 그런 불꽃으로……

툴친느(Tulchinne)

아야노윈(불꽃 천사) 종족. 38년 동안 **귀리온**의 아내로 살았다. 그런데 탬원이 자신들의 집을 찾아왔을 때, 남편을 새롭게 보게 되었다. 이 젊은이가 남편에게 희망의 불꽃을 일으켰기 때문이다. 귀리온과 귀리온의 여동생 프라이사와 마찬가지로 머리카락이 없고 날개도 힘을 잃어 날지 못한다. 영혼불꽃이 약해서 몸을 따뜻하게 유지하기 위해 빨간색 질긴 덩굴로 만든 묵직한 숄을 걸친다.

툴친느는 요리를 좋아하지만, 남편 귀리온은 요리 실력이 형편없다. (이건 어쩌면 귀리온이 어린 시절에 입을 심하게 데어 미각을 거의 잃었기 때문일지도 모른다.) 반대로, 귀리온은 때때로 휘파람을 불어 아내를 즐겁게 해 주지만, 툴친느는 그 기술을 익히려는 노력을 포기했다.

툴친느는 이렇게 고백한다.

"내가 휘파람을 불려고 노력할 때마다, 작은 새들이 우리 문간 층계에 떨어져 죽어."

탬원은 어쩌면 이런 조합이 이들의 결혼 생활에 도움을 주었을지도 모른다고 생각한다. 마치 둘은 서로 잘 짜 맞춘 조각품처럼 상대방의 부족한 부분을 채워준다.

우줄라(Uzzula)

벌집 정령. 대사제 **코에리아**의 헌신적인 메리스. 자주색 날개의 벌을 닮았다. 종종 대사제 코에리아의 머리 주위를 윙윙 날아다니며, 코에리아의 긴 백발을 땋느라 분주하다.

윌레니아(Willenia) ⌇

세상의 경이로움을 노래한 음유시인. 새벽을 알리는 들종다리처럼 원기왕성하게, 윌레니아는 500편이 넘는 시와 노래를 썼다. 아발론 사람들의 존경을 한몸에 받았다. 잃어버린 핀카이라의 음유시인 **카이르프레**처럼, 이 음유시인 또한 사람들에게 자신과 미래에 대한 희망을 심어주었다. 윌레니아의 작품은 멀린이 마법의 씨앗을 심

> •••
> **윌레니아는 500편이 넘는 시와 노래를 썼다.**
> •••

은 순간부터 평화와 전쟁의 시대에 이르기까지 아발론의 역사를 완벽하게 담아냈다. 음유시인들은 윌레니아의 '심장처럼 고동치는 씨앗에서 태어나다'라는 글을 자주 읊조린다.

하나의 세상이 죽고 또 다른 세상이 태어난다. 어두운 동시에 밝은 시간, 기적의 순간이다.

안개로 뒤덮인 핀카이라 땅에서 오랫동안 잊힌 섬이 갑자기 발견된다. 아이들은 죽음의 군대를 물리치고, 명예를 잃은 자는 마침내 날개를 얻는다. 무엇보다 놀라운 기적은 멀린이라는 젊은 마법사가 진짜 인류을 얻은 것이다. 올로 에오피아, 수많은 세상과 수많은 시간을 사는 위대한 인간. 하지만 핀카이라는 구원받는 즉시 사라진다. 영원히 정령 세계의 일부가 되어 버린다.

바로 그 순간 새로운 세상이 나타난다. 마법의 거울 속 여정에서 멀린이 구해 온 씨앗, 심장처럼 고동치는 씨앗에서 태어난다. 이 세상은 나무다. 이 위대한 나무는 땅과 하늘, 필멸과 불멸, 움직이는 바다와 영원한 안개를 잇는 다리다.

이 세상의 풍경은 거대하고, 경이와 놀라움으로 가득하다. 이 세상의 주민은 높은 하늘 별처럼 멀리 퍼져 있다. 이 세상의 본질은 희망과 비극과 신비다.

이 세상의 이름은 아발론이다.

경이로운 장소들

아발론(아발론의 위대한 나무)

아주 오래전, 젊은 마법사 멀린이 핀카이라의 안개 자욱한 섬에 씨앗을 심었다. 심장처럼 고동치는 씨앗을……. 멀린은 마법의 거울을 여행하며 그 씨앗을 얻었지만, 그 씨앗이 무엇이 될지는 알지 못했다. 이윽고, 씨앗은 형용할 수 없을 정도로 크고 경이로운 나무로 자랐고, 그로 인해 새로운 세상이 태어났다. 아발론이라는 위대한 나무가 바로 그것이다.

아발론은 다른 세계들 사이에 존재하는 세상이다. 유한한 생명과 무한한 생명 사이를 잇는 다리다. 무한한 경이로움이 넘쳐나는 곳으로, 끝없이 다양한 생명체와 장소가 있다. 또한 아발론은 인간을 비롯한 수많

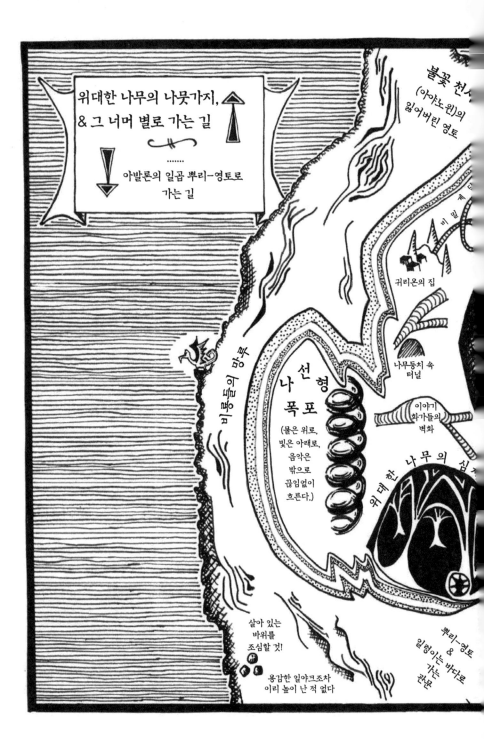

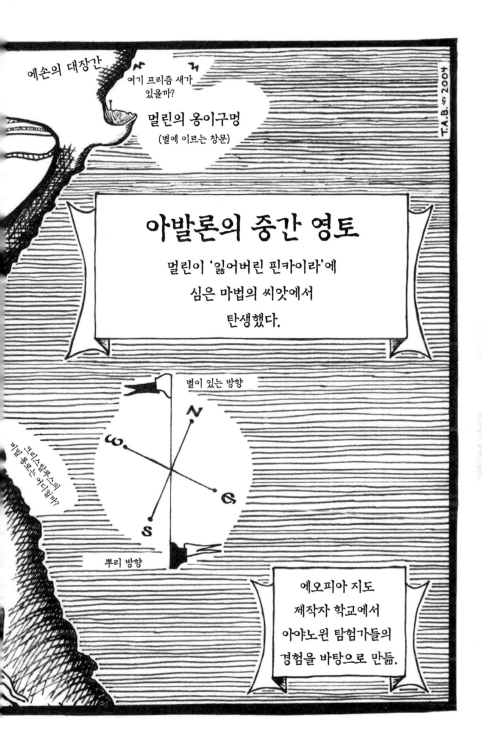

은 생명체가 조화를 이루며 함께 사는 세상이다. 하지만 마침내 인간의 탐욕과 오만이 걷잡을 수 없이 강해졌다. 이윽고, 저 높은 곳의 별이 하나둘씩 사라지기 시작하더니 하늘이 어두워지고, 위대한 나무의 미래 또한 어두워졌다. 아발론이 구원을 받을 수 있을지 아닐지, 아무도 예견할 수 없었다. 또한 아발론을 구할 운명을 지닌 멀린의 진정한 후계자가 누구인지, 아발론을 파괴할 운명을 타고난 어둠의 예언 속 아이가 누구인지 아무도 알 수 없었다.

워터루트(브린칠라) 🥄

이곳은 물의 영토로, 위대한 나무의 저 깊은 곳에서부터 졸졸 흘러 나오는 실개천은 순수한 엘라노로 반짝반짝 빛난다. 강물은 경쾌한 파문을 일으키며 '무지개 바다'로 흘러간다. 간헐천의 요란한 천둥소리에서부터 '물보라 바다'의 율동적인 폭포 소리에 이르기까지, 어느 곳에서나 물소리가 들린다. 수많은 음유시인들은 크리스틸리아 협곡, 협곡을 물로 가득 채우는 흰 간헐천을 칭송하는 발라드를 불렀다. 새하얀 물이 저 아래 프리즘 골짜기에 닿으면서 일곱 빛깔 띠로 갈라지는 모습, 그리고 남쪽으로 흐르며 영토 구석구석으로 색을 실어 나른 뒤 마침내 무지개 바다에 이르는 물의 운명도 찬양했다. 무엇보다 이 물의 자유, 영속성, 무한한 힘을 찬양했다.

워터루트에는 심장 박동보다도 짧은 생을 사는 거품물고기에서부터 사나운 물 용에 이르기까지 다양한 생명체가 산다. 하골 같은 물 용은 화가 나면 파란색 얼음을 마구 쏟아댄다. 이 영토에서는 나무조차도 물처럼 부드럽다. 브란웨나(Branwenna) 나무는 너무나 부드러워서 껍질이 벗겨지며 수액이 쏟아져 나오기도 한다.

우드루트(엘 우리엔) ⟪

엘 우리엔(우드루트)의 숲속에는 온갖 나무들이 자라며, 초원과 고요
한 빈터가 있다. (엘 우리엔이라는 이름은 숲의 요정의 언어로 '가장 깊은 숲'이
라는 뜻이다.) 여행자들은 이곳에서 바람이 불 때마다 리드미컬하게 울
려 퍼지는 마법의 하모나 나무를 찾을 수 있다. 연보라색 느릅나무는
감각적인 수많은 향기를 뿜는다. 진귀한 소모사 나무는 나뭇가지마다
각기 다른 열매가 자란다. 이 영토에서 가장 유명한 것은 '엘나 레브람'
이다(그 이름은 '깊은 뿌리, 긴 기억'이라는 뜻이다). 무척 늙은 너도밤나무로,
요정들은 그 옆에 트레시미르를 비롯해 존경하는 음유시인과 학자들
을 묻었다. 이 숲은 정교한 나무집에 사는 숲의 요정을 비롯해 안개 요
정, 이끼 요정, 스타플라워 요정 등 수많은 요정들의 고향이다. 또한 배,
귤, 체리, 자두, 아몬드, 라콘 열매(그 맛은, 마법사 멀린이 언제가 말했듯이,
'햇살로 빚은 물' 같다.) 등 셀 수 없을 정도로 많은 먹을거리의 고장이기
도 하다. 우드루트는 유명한 정원사이자 스승인 벨라미르가 선택한 영
토다. 벨라미르는 벽으로 둘러싸인 '번영의 마을'에 살았다. 빽빽한 숲속
동쪽 어딘가에는 벨라미르만큼이나 유명하지만 훨씬 더 신비에 싸인
인물, 호수 여인이 살았다.

홀로사르 ⟪

위대한 나무의 가장 낮은 나뭇가지. 홀로사르라는 이름은 탈리온 종
족의 언어로 '가장 낮은 영토'라는 뜻이다. 탈리온 종족은 저 아래에 뿌
리-영토가 있다는 걸 몰랐기 때문에 자신들의 주거지를 '가장 낮은 곳'
이라고 생각했다. (그래서 탈리온 종족의 공예가 펠리미스트가 뿌리-영토에서
온 탬윈을 처음 만났을 때 깜짝 놀랐던 것이다.) 홀로사르 내부, 위대한 나무의

둥치 가장 가까운 지역에는 좁은 계곡들이 길게 줄지어 있고, 계곡은 바위투성이 갈색 산등성이로 나뉘어져 있다. 이와는 대조적으로, 홀로사르 바깥쪽에는 셀 수 없을 정도로 많은 호수가 점점이 박혀 있다. 호수는 무척이나 투명해서 별의 이미지가 확대되어 보인다. 또한 호수는 프리즘 역할을 하기에 '별빛 팔레트'라고도 불린다.

이 영토에는 탈리온 종족이 살았다. 등이 굽은 거대한 생명체인데, 다리 하나로 엄청나게 우아하고 유연하게 움직인다. 드루마링 종족 또한 이곳에 사는데, 이곳을 여행하는 사람들을 종종 위험에 빠트린다. 하늘을 날아다니는 형형색색 새의 날갯깃은 별빛으로 빛난다. 땅 위에는 기묘한 곤충들이 날아다닌다.

섀도루트(라스트라엘) ╍

영원한 밤의 영토. 새벽이 없다. 별도 없다. 섀도루트에서는 자그마한 빛도 무척이나 진기한 현상이다. 관점에 따라 진심으로 소중히 여기거나 또는 아예 얕잡아 보기도 한다. 하지만 늙은 요정 그리콜로가 서둘러 말하듯이, 지속적인 어둠 속에도 놀랍게도 비옥함과 척박함이 있다. 이 영토에서 태어난 무세오는 비통한 음악으로 듣는 이에게 커다란 감동을 불러일으킨다. 불에 탈 때 불꽃을 일으키지 않으면서도 엄청난 열기를 뿜어내는 식물도 이곳에서 자란다. 메아리 골짜기에서는 자그마한 발소리 하나도 군대의 행군 소리처럼, 빗방울 소리 하나도 끝없는 폭포 소리처럼 크게 들린다. 이 영원한 밤의 영토에도 빛의 도시 '디아나라'가 잠시 번영을 누린 적이 있었다. 그 도시에는 머나먼 영토에서 온 음악과 이야기가 넘쳐났다. 도시는 번성하며 어둠에 빛을 더해주었다. 그러다 마침내 또 다른 형태의 어둠이 내려앉았다. 그것은 바로 옹졸함과 두려움이었다.

머드루트(맬록) ⤚

　머드루트 남쪽의 갈색 평원은 대부분 진흙이 끝없이 펼쳐져 있기에, 황량하고 생명이 없는 것처럼 보인다. 하지만 이 진흙에는 신성한 엘라노가 풍부해, 진귀하고 놀라운 생명을 가져다준다. 이 지역에 사는 종잡을 수 없는 머드메이커 중에는 **이센위의 엘로니아**도 있다. 머드메이커들은 아주 오랫동안 마법의 힘을 이용해서, 진흙으로 거대한 코끼리부터 아주 작은 **경쾌한 비행사**에 이르기까지 다양한 생명체를 새로 만들어냈다. 엘라노의 치유의 마법이 풍부한 할라드의 '비밀의 샘'이 이센위 평원으로 흘러들지만, 이 근처는 위험하고 잔인한 것들이 많다. 땅의 요정들이 지하 터널에 살기 때문이다. 머드루트 북쪽, 아프리쿠아의 울창한 정글 안에 초록의 땅이 있다. 여기에도 놀라운 아름다움과 함께 엄청난 위험이 도사리고 있다. 그리 멀지 않은 곳에 늪지 유령이 출몰하기 때문이다. 어쩌면 **아발론**에서 머드루트만큼 극적으로 대조적인 곳은 없을지도 모른다. 그래서 새로운 생명으로 넘쳐나는 이 영토가 이센위 전투의 끔찍한 학살 장소가 되었던 건지도 모르겠다.

멀린의 옹이구멍 ⤚

　아야노윈 종족의 **귀리온**은 탬윈에게 이곳을 '별에 이르는 창문'이라고 알려줬다. "이곳은 위대한 나무의 나무둥치로 가는 입구다. 이곳에서는 엘라노가 아니라 별이 빛의 원천이다."라는 귀리온의 설명처럼, 옹이구멍은 **중간 영토**의 별을 향한 가장 높은 지점에 있다. 이곳은 위대한 나무의 나무둥치에서 툭 튀어나와 있기에, 사람들은 저 아래 뿌리-

영토에서 또는 저 위 나뭇가지에서 이곳까지 걸어갈 수 있다. 가장 놀라운 건, 이곳에서는 누구나 위대한 나무의 나뭇가지를, 그리고 나뭇가지 너머에 있는 그 모든 것을 쉽게 볼 수 있다는 사실이다. 탬원이 마침내 멀린의 옹이구멍에 도착하면, 탬원 또한 그 모든 걸 직접 볼 것이다. 더불어, 자신이 발견하리라고 예상하지 못한 것들도 보게 될 것이다.

중간 영토 ⥲

아야노윈 종족(불꽃 천사)이 위대한 나무의 나무둥치 안쪽 풍경(경관)을 일컫는 명칭. 이 영토 한가운데로 나선형 폭포가 흐른다. 이 폭포에는 위로 흐르는 물, 아래로 움직이는 빛, 밖으로 흐르는 음악이 서로 조화를 이룬다. 물에 깎이고, 흰개미에 갉아 먹히고, 엘라노의 작용으로 생긴 터널이 폭포에서부터 수없이 뻗어 있다. 생명을 주는 엘라노 수액은 중간 영토에 빛을 가져다주어 그곳 터널과 동굴을 은은하게 밝힌다. 터널마다 눈부신 벽화로 장식되어 있는데, 이 벽화는 아야노윈의 이야기화가들이 그렸다. 또한 위대한 나무의 기억을 지닌 형형색색의 고리도 있다. 별을 향한 높은 곳에는 비밀 계단이 있어, '멀린의 옹이구멍'(별에 이르는 창문)으로 이어진다. 그 가장 높은 지점에 이르면, 위대한 나무의 나뭇가지와 그 너머 아발론의 별들이 보인다.

스톤루트(올라나브람) ⥲

일곱 뿌리-영토 중에서 스톤루트의 별빛이 가장 밝다. 왜 그런지 그 이유를 아무도 알지 못한다. 스톤루트의 바위들이 계절마다 색이 바뀌는 이유를 아무도 모르는 것처럼……. 북쪽의 높은 산봉우리 중에는 할리아의 산봉우리도 있는데, 이곳은 일곱 뿌리-영토에서 가장 높은 산으로, 여행자는 이곳에서 **아발론** 나무등치의 가장 아래쪽을 볼 수 있다. 스톤루트의 농장에는 어디든 종이 달려 있다. 헛간 문, 풍향계, 맥주통, 옷에도. 그래서 이 농장은 때때로 '종의 땅'이라고 불린다. 스톤루트의 드루마디안 주거지 한가운데에는 '모두를 위한 공동체'의 위대한 신전이 있다. 음유시인들은 잃어버린 핀카이라의 '거인의 춤'이라고 부르는 그 유명한 원형 돌무더기에서 **다그다**의 도움을 받아 신전의 돌을 가져왔다고 노래한다.

관문 ⇐

아발론 51년, 숲의 요정 세렐라가 관문을 처음 발견했다. 마법의 관문은 뿌리-영토 아발론 전역으로 갈 수 있는, 아주 빠르긴 해도 매우 위험한 여행 방법이었다. 관문은 각양각색의 모습으로 각기 다른 환경에서 나타나지만, 언제나 타오르는 초록색 불꽃으로 일렁이는 게 특징이다. 여행자는 관문 입구에서 불꽃 뒤에 무엇이 있는지 흘끗 볼 수 있다. 고동치는 빛의 강은 여행자를 일곱 영토 어디든 데리고 갈 수 있다. (단, 최근에는 섀도루트는 예외다. 어둠의 요정들이 내전을 벌이는 동안 그곳의 유일한 관문을 파괴했기 때문이다.) 또한 관문은 뿌리-영토도 아니고 나뭇가지-영토도 아닌, 신비롭게 '일렁이는 비다'로 데려가기도 하고 나무등치 깊숙한 곳, '위대한 나무의 심재'까지 데려가기도 한다.

관문을 통해 여행하기 위해서는 엄청난 집중이 필요하다. 왜냐하면 관문은 여행자들을 마법적으로 해체해, **위대한 나무**의 가장 깊숙한 혈관을 통해 실어 나르고, 이윽고 목적지에 도착해서는 다시 조립하기 때문이다. 정신을 똑바로 차리지 않으면 엉뚱한 곳에 도착할지도 모른다. 또는 운이 없으면, 완전히 해체되어 나무의 엘라노 속으로 녹아들지도 모른다. 또한 몇몇 관문은 그 자체의 마음을 지니고 있기라도 한 듯, 여행자의 목적지를 제멋대로 선택한다. 이 모든 것 때문에 관문을 통한 여행은 무척 어렵고 위험한 기술이다. 세렐라의 말에 따르면, "관문을 찾는 건 여행하는 데 매우 어려운 방법이지만, 죽기에는 아주 쉬운 방법이다."

파이어루트(라나윈) ⫘

파이어루트는 불타는 산등성이와 검게 그을린 바위, 분출하는 화산과 유황 연기 자욱한 아발론의 땅이다. 이 영토의 대부분은 빨간색 아니면 주황색이다. 물도 철이 녹슨 빛을 띤다. 섬유질이 단단해 불을 견디는 강철나무가 계곡에 빼곡하게 자란다. 화산 땅 산등성이 위에는 파이어 플랜트가 자라는데, 손 모양이 마치 나그네의 발을 움켜잡으려는 귀신처럼 보인다. 노련한 여행자들은 파이어루트의 불타는 따끈따끈한 벌꿀을 귀하게 여긴다. (하지만 여행자들은 죽어라 벌은 피하려 든다. 벌침에 한번 쏘이면 불붙은 석탄처럼 화끈거리기 때문이다.) 이 거친 땅에도 독특한 야생 생명체들이 살고 있다. 도롱뇽은 불구멍에서 빈둥거리기를 좋아하고, 황소는 불 용을 경계하며 불에 그슬린 언덕을 돌아다닌다. 까맣게 타 버린 이 땅에도 작은 주황색 꽃이 피어난다. 이곳에 사는 플레임론 종족은 항상 그런 건 아니지만 이따금 자신의 고향에서처럼 무척 화끈하고 격렬하다. 이들은 또한 근면하고 창의적이다. 전쟁 무기를 만들어 내는 기술이 특별하다. 대부분의 플레임론은 아발론 전역의 수많은 사람들에게 영감을 주는 지혜와 부활의 위대한 정령, 다그다와 로리란다를 숭배하지 않는다. 대신, 분노에 찬 사악한 정령 리타 고르를 숭배한다. 리타 고르를 전쟁의 신으로서가 아니라, 창조의 힘으로 바라본다.

시간의 강 ⤳

하늘의 희미한 빛줄기, 시간의 강은 오직 홀로사르 또는 나뭇가지-
영토 높은 곳에서만 볼 수 있다. 어둠에서 빛나는 틈, 또는 옷감의 솔기
처럼, 시간의 강은 별들의 영토를 흐른다. 탈리온 종족의 언어로 시간의
강은 '하늘 천막의 솔기'라는 뜻이다.

탈리온 종족 공예가 팰리미스트가 탬윈에게 설명한 것처럼, 시간의
강은 실제로 시간의 절반을, 그러니까 과거와 미래를 나눈다. 그러면서
도 시간의 강에서는 시간이 늘 현재로 고정되어 있다. 이 때문에 시간
의 강에 들어가는 사람은 누구나 별까지 먼 거리를 여행하면서도 현재
시간에 머물러 있을 수 있다. 만약 아발론이 실제로 다른 모든 세계들
사이에 존재하는 곳이라면, 그렇게 각각의 세계를 연결하는 것이라면,
시간의 강은 이 세계들을 아주 놀라운 방식으로 연결해줄 것이다. 따
라서 현재의 순간을 결코 떠나지 않으면서도 우주의 어떤 곳이든 갈 수
있다.

나선형 폭포 ⤳

위대한 나무의 나무둥치 안 깊숙한 곳에 있는 경이로운 장소. 세 개
의 폭포로 이루어졌다. 하나는 물로 이루어져 높이 소용돌이치며 올라
가 저 아래 나무뿌리와 저 위 별들을 연결해준다. 또 하나는 빛으로 이
루어져 끊임없이 아래로 흐른다. 나머지 하나는, 탬윈이 발견한 것처럼,
음악으로 이루어졌다. 음악은 하프처럼 울리며 뿔처럼 충만하고 종소리
처럼 감미롭게 차오른다.

이 세 개가 합쳐진 폭포는 위로, 아래로, 밖으로 끊임없이 소용돌이
친다.

아발론의 별 ✎

아발론의 별은 진정 무엇일까? 그 질문은 아발론의 남녀노소 모두에게 수수께끼였다. 많은 사람들은, 젊은 황무지 길잡이 탬윈처럼, 때때로 별을 올려다보며 자기가 좋아하는 별자리 모양을 추적했다. 페가수스는 높이 솟구친다. 트위스티드 트리(Twisted Tree)는 나뭇가지를 끝없이 쭉쭉 뻗어 올라간다. 미스터리(Mysteries)는 라벤더의 파란빛으로 신비롭게 빛난다. 그리고 마법사의 지팡이는 멀린이 불을 밝힌 뒤로 수 세기 동안 환하게 빛났다.

그런데 느닷없이, 마법사의 지팡이 일곱 개의 별이 다시 한번 어두워지기 시작했다. 탬윈과 사람들이 어안이 벙벙한 채 지켜보는 동안 별빛이 하나씩 사라졌다. 수 세기 동안, 사람들은 하루의 끝자락에 별들이 왜 희미해지는지, 왜 매일 아침 다시 밝아지는지, 그 이유를 궁금해했었다. 하지만 이제, 사람들은 저 하늘의 별과 그 별빛을 받는 이 세상이 궁극적으로 살아남을 수 있을지 간절히 알고 싶었다.

에어루트(이 스윌라나) ✎

이곳은 영원히 뻗어 있는 구름 풍경과 더불어 시작과 끝도 없이 잊을 수 없는 음악을 연주하는, 보이지 않는 투명한 하프의 영토이다. 안개 여인들은 땅에서 신성한 춤을 추고, 요정들은 구름 정원을 가꾼다. '실마논의 공기 폭포'는 끝없이 쏟아져 내린다. 3세기 전에 공기 요정 건축가 '르 펜 플레이스'가 디자인한 안개 다리를 가로질러, '환영의 장막'이 이미지를 불러낸다. 거기서 북쪽으로 그리 멀지 않은 곳에, 하프랜드의 안개로 엮어 만든 줄이 여행자의 깊숙한 감정에 반응하는데, 귀에 거슬리는 소리, 조화로운 소리, 또는 이 둘이 서로 갈등하는 뒤섞인 소리를 연주한다. 또한 이곳에는 '구름 나무'의 유령 같은 숲이 자라는데, 꽁꽁 언 안개를 닮은 나무의 껍질은 눈에 거의 보이지 않는다. 날개 달린 생명체 수백 마리가 이 영토를 날아다니거나 '새들의 섬'에서 쉰다. 하지만 새들의 노래는 공기 그 자체의 소리만큼 달콤하지도 경쾌하지도 않다.

사후 세계 :
정령들의 영토

등장인물

다그다(Dagda)

다그다는 뛰어난 지식과 지혜의 신으로 많은 사람들로부터 큰 공경을 받는다. 탄생과 번영과 부활의 신 로리란다와 함께 정령들의 사후 세계를 다스린다. 이들이 평화와 평온의 열매를 맛본 것처럼, 자신들의 적, 리타 고르를 억누르기 위해 늘 열심히 일한다. 리타 고르는 모든 세계를 정복하고 싶어 안달이 나 있다.

음유시인들은 젊은 마법사 멀린이 사후 세계의 다그다를 한 번 찾아간 일을 노래한다. 반쯤 덮인 영혼의 나무에서 위대한 정령은 한쪽 팔에 상처를 입은 노인의 모습으로 나타났다. 하지만 연약한 외모에도 불구하고, 다그다의 갈색 눈동자는 별이 가득한 하늘만큼이나 밝아 보였다. 멀린과 이야기를 하는 동안, 안개 조각을 가지고 놀며, 손가락을 한 번 쓱 움직이거나 그저 흘끗 바라보면서 안개로 매듭을 묶었다가 풀었다. 다그다가 단순히 안개 모양을 바꾸는 것 그 이상을 하고 있다는 걸 멀린은 느꼈다. 또한 신이 유한한 세계의 운명에 직접 개입하지 않으리라는 것을 알게 되었다. 왜냐하면 다그다는 유한한 생명체들이 자신의 미래를 선택하고, 자신의 운명을 만들어 나가는 게 중요하다고 굳게 믿었기 때문이다.

그래서 그렇게 멀린이 처음 방문하고 나서 천 년 이상이 지난 뒤, 아발론의 운명이 달린 중요한 싸움에서, 다그다는 직접 개입하고 싶은 유혹을 억눌렀던 것이다. 대신, 유한한 생명체들, 특히 젊은이 둘의 용기, 인내, 지혜에 의존하기로 선택했다. 탬윈이라는 이름의 황무지 길잡이와 엘리라는 이름의 수습 사제가 바로 이들이다. 여기에 외톨이 독수리 종족 스크리, 용감한 요정 브리오나, 퉁명스러운 산봉우리 요정 뉴익, 감당하기 어려운 장난꾸러기 훌라 헤니, 현명한 공예가 팰리미스트, 날개 달린 말 아하나, 충직한 드루마디안 사제 류, 크기가 줄어든 거인 심, 늙은 용 바질가라드가 합류했다.

로리란다(Lorilanda) 🐌

탄생과 번영과 부활의 신. 다그다와 힘을 합쳐 평화를 지켰으며, 아발론의 수많은 사람들로부터 둘 다 똑같이 존경받았다. 로리란다와 다그다는 정령들의 사후 세계를 함께 다스린다. 이들은 평화의 시간을 무척 선호한다. 하지만 적, 리타 고르를 억제하는 데 많은 시간을 들여야 한다. 정령의 장군은 사후 세계는 물론이고 다른 세계들을 지배하고 싶은 열망으로 똘똘 뭉쳤기 때문이다.

아발론 초창기에, 로리란다는 우아한 암사슴의 모습으로 자주 나타나곤 했다. 아발론 33년, 퍼거스라는 이름의 젊은이가 스톤루트와 우드루트를 연결하는 유일한 통로(관문을 제외하고)를 찾도록 용기를 북돋아주었다. 엘리와 탬윈이 거의 천 년 뒤에 바로 그 통로를 따라갈 때 로리란다가 그 모습을 지켜보고 있었을지도 모른다.

리타 고르(Rhita Gawr) 🥄

정령의 영토에 사는 막강한 장군. 사후 세계의 지배를 놓고 다그다와 로리란다와 끊임없이 싸운다. 하지만 그것은 리타 고르의 야망에 비하면 아무것도 아니다. 리타 고르의 진정한 야망은 모든 세계의 구성을 갈기갈기 찢어 버리고 자신의 계획대로 다시 엮는 것이다. 유한한 세상을 통제하는 것이 리타 고르의 야망이다. 그래서 리타 고르는 특히 두 세계를 정복하려 오랫동안 혈안이 되었다. 그건 바로 유한한 세계와 무한한 세계 사이에 존재하는 핀카이라와, 그 나뭇가지가 모든 세계에 이르는 위대한 나무 **아발론**이다.

젊은 마법사 멀린과 그 동맹군 때문에 핀카이라 정복에 실패한 리타 고르는 이제 그 관심을 아발론으로 향했다. 끔찍한 어둠의 해에, 리타 고르는 주술사 쿨위크의 충성을 얻어냈다. 쿨위크는 순수한 수정 벤젤라노에 무한한 파괴의 힘을 불어넣기 위한 원재료를 얻는 일을 하고 있다. 한편, 리타 고르는 사후 세계에서 아발론으로 이어지는 출입구를 재빨리 열고 있다. 그 출입구를 통해 장군과 불멸의 전사들로 이루어진 군대가 아발론으로 쳐들어갈 것이다. 머지않아, 리타 고르는 아발론에서 엄청난 힘을 지닌 용의 모습으로 나타날 것이다. 그러고 나면, 분명 승리를 거머쥐리라고 믿어 의심치 않는다. 누구도 리타 고르를 막을 수 없을 테니까. 분명 탬원은 막지 못할 것이다. 리타 고르는 탬원을 멀린의 어설픈 자손이라고 생각하기 때문이다.

경이로운 장소

정령들의 사후 세계(사후 세계)

사후 세계는 지혜의 신 **다그다**, 탄생과 번영과 부활의 신 **로리란다**, 전쟁과 정복의 신 **리타 고르** 같은 불멸의 정령들의 고향이다. 죽을 운명의 인간이 사후 세계로 여행하는 건 쉽지 않다. 특히 소년 멀린처럼 아주 어린 사람이 여행한다는 것은 불가능에 가깝다. 하지만 멀린은 일곱 노래를 찾아가는 여정에서 정말로 사후 세계로 갔다. 자신이 가장 사랑하는 두 사람, 어머니 **엘런**과 여동생 **리아**의 목숨을 구하기 위해 '사후 세계의 계단통'이라 부르는 비밀 통로를 찾아냈다. 멀린의 여정은 〈일곱 개의 노래〉에 기록되어 있다.

계단통을 따라 더 깊이 들어가니, 안개 속에서 무언가가 달라지기 시작했다. 입구에서처럼 계단통 가까이에 떠다니지 않고, 안개는 멀리 떨어져 수시로 변하는 주머니 같은 것 안으로 들어갔다. 머지않아 주머니는 방으로 변하고, 방은 움푹 파인 곳으로 넓어졌다. 아래로 발걸음을 옮길 때마다 안개가 자욱한 전망은 넓어졌다. 마침내 나는

> *자신이 가장 사랑하는 두 사람의 목숨을 구하기 위해 '사후 세계의 계단통'이라 부르는 비밀 통로를 찾아냈다.*

엄청나게 다양하고 끊임없이 변하는 풍경 한가운데 서 있었다.

안개의 풍경.

가느다란 흔적과 굽이치는 언덕, 넓은 공간과 날카로운 뾰족탑 속에서 안개는 빙글빙글 휘젓고 돌아다녔다. 어느 지점에서 협곡이 나타났다. 그곳은 구름 같은 지형 속으로 꺾이고, 내가 상상할 수 있는 것 이상으로 깊이 뻗어 있었다. 또 어느 지점에서는 산이 보였다. 저 멀리 우뚝 솟아 높게 또는 낮게, 아니 동시에 높고 낮게 움직였다. 안개 자욱한 계곡, 언덕, 절벽, 동굴이 보였다. 확실하지는 않았지만, 뭔가 점점이 뿌려져 웅크리고 걷고 떠다녔다. 그리고 이 모든 것 사이로, 안개가 구불구불 굽이치며 항상 변하면서도 항상 그 모습 그대로를 유지했다. ·············

불안감이 엄습해왔다. 날 감싸고 있는 게 안개가 아니라는 느낌. 그것은 공기나 물로 만들어진 물질적인 게 아니라 뭔가 다른 것, 빛이나 생각이나 느낌으로 만들어진 것이라는·············. 이 안개는 그것이 감추고 있는 것 이상을 드러내 보였다. 이것의 진짜 본성을 조금이라도 이해하려면 수많은 시간이 필요할 것이다.

그렇다, 이곳은 사후 세계다! 변화하고 배회하는 세상이 켜켜이 쌓인

곳. 나는 계단 위에서 끝없이 더 깊이 나아갈 수 있었다. 소용돌이 속을 끝없이 움직여 나아갈 수 있었다. 아니면 안개 그 자체 속으로 끝없이 여행할 수 있었다. 영원히. 무한하게. 끊임없이.

지구 :
유한한 생명체들의 고향

등장인물 및 마법의 물건

아서(아서 왕)

잃어버린 시간 동안의 고군분투, 승리와 상실 이후에 마법사 멀린은
이 젊은 왕의 멘토로서 완벽한 자격을 갖추게 되었다. 왜냐하면 아서
왕에게는 유한한 지구의 이수선한 영토를 다스리는 법을 알려주는 단
순한 길잡이 이상이 필요했기 때문이다. 아서 왕은 각기 다른 신념 사
이에서 가교를 구축해야 했다. 멀린의 엄마 엘런이 그렇게 했던 것처럼
말이다. (엘런은 드루이드의 오랜 종교는 물론이고 유대인, 그리스인의 지혜뿐만
아니라 새로운 기독교에서도 장점을 찾으려 했었다.) 아서 왕은 왕족과 귀족,
장인과 농부들과 의사소통해야 했다. 책에 적힌 언어는 물론이고 나무
와 강과 돌의 언어로 이야기해야 했다. 또한 인간의 밝은 면과 어두운

면을 모두 이해해야 했다. 인간의 밝은 면은 우리로 하여금 별에 이르게 도와주지만, 어두운 면은 무기를 들고 서로 싸우게 한다.

멀린에게서, 아서는 이 모든 것을…… 그리고 그 이상을 얻었다. 멀린은 이 젊은이에게 용기, 힘, 명예를 가르쳐주었기 때문이다. 거기에 더해 잃어버린 세계 핀카이라로 이 젊은이를 보내기까지 했다(꼬맹이 심부름꾼 엑터로 변장시켜서 말이다). 무엇보다 가장 중요한 것, 멀린은 아서에게 **카멜롯**을 건설하도록 영감을 주었다. 카멜롯은 '모두를 위한 정의'라는 급진적인 아이디어에 기초한 새로운 사회다. 마법사는 카멜롯이 당장은 실패할지라도, 미래의 언젠가에 반드시 성공을 거두리라는 것을 이해하고 있었다. 멀린은 '젊은 자신'이 핀카이라의 마법의 거울을 통해 미래로 여행했을 때 이렇게 설명했다.

"마법사든 왕이든, 시인이든 정원사든, 재봉사든 대장장이든, 삶은 그 길이가 아니라 그 행동의 가치에 의해, 그리고 그 꿈의 힘에 의해 평가된다네."

엑스칼리버

엑스칼리버만큼 위대한 운명을 품은 칼은 없을 것이다. 이 칼은 멀린이 마법으로 만들어 호수 여인이 보호하고 아서 왕이 휘둘렀다. 엑스칼리버는 카멜롯의 고귀한 이상을 상징한다. 그 칼날처럼 누구도 파괴할 수 없는 이상을…….

경이로운 장소

카멜롯

유한한 지구의 이 아득한 왕국에서, 젊은 아서 왕은 자신의 멘토, 위대한 마법사 멀린과 합류해 '모두를 위한 정의'라는 이상에 기초한 새로운 사회를 만든다. 이들은 이 왕국이 성공하지 못하리라는 걸 알았지만, 멀린은 이렇게 선언했다.

"땅에서 추방당한 왕국은 마음속에서 그 집을 찾아야 할지도 모른다."

바로 그곳에서 바로 오늘날 카멜롯이 살아남아 번성했다.

핀카이라의 잃어버린 시간 동안, 멀린은 획득과 상실, 승리와 비극 모두를 통해 엄청난 지혜를 얻었다. 또한 칼 한 자루를 찾아냈다. 미래의 왕을 위해 돌에 박아두게 될 칼이었다. 멀린은 인간의 위대함뿐만 아니라 약점에 대한 진정한 이해를 카멜롯에 가져다주었다. 또한 젊은 왕에게 가르치기에는 약간 유별난 것도 가지고 왔다. 즉, 멀린은 아서를 물고기로 변신시켜 힘에 대해 가르칠 계획을 세웠다. 또한 새로 변신시켜 인간의 범위 너머를 볼 수 있게 가르칠 계획도 세웠다. 그중에서 최고는, 멀린은 시간을 거슬러 살아가는 능력을 가져왔다(멀린은 이 능력을 별의 정령, 금발의 그위리에게서 배웠다).

멀린은 자신의 첫 번째 진정한 고향, 핀카이라를 떠나는 걸 정말 싫어했다. 하지만 카멜롯이 자신의 운명이라는 걸 알았다. 멀린은 늘 핀카이라는 물론이고 자신이 심은 마법의 씨앗에서 자란 아발론을 좋아했다. 카멜롯은, 하나의 아이디어로서, 멀린의 마음을 움직였다. 왜냐하면 카멜롯은 언젠가 위대한 희망과 영감의 장소가 될 수 있을 테니까. 카멜롯은 인류애를 소중히 여기고 지킬 장소였다.

지구 🥢

인간의 고향 지구는 뚜렷하고도 미묘한 대조의 세계다. 지구에는 끔찍한 추악함뿐만 아니라 숭고한 아름다움도 있다. 또한 유한한 특징과 무한한 특징을 모두 함께 지니고 있다. 지구는 인간 기억의 짧은 파장과 지질학적인 시간의 긴 파장을 모두 알고 있다. 지구에는 전쟁, 빈곤, 파괴와 더불어 경이로운 자연, 삶의 다양성, 인간 영혼의 사랑스러움을 드러낸다. 역사를 통틀어, 인간의 창의성, 동정, 관용, 용기, 지혜의 자질은 인간 본성의 어두운 측면들, 그러니까 오만, 탐욕, 편협, 무지, 적대감과 투쟁해 왔다. 결국, 지구의 운명은 자유 의지를

> 이런 세상들의 운명은 놀라운 방식으로 서로 연결되어 있을 수도 있다.

통해 스스로 미래를 결정하고, 자신의 운명을 개척하는 인간의 능력에 달려 있다.

이 모든 방식을 통해 볼 때, 지구는 어쩌면 핀카이라와 **아발론**이라는 세상과 크게 다르지 않을지도 모른다. 유한한 생명과 무한한 생명, 육체적인 것과 정신적인 것 사이에 존재하는 세상 말이다. 그리고 이런 세상들의 운명은 놀라운 방식으로 서로 연결되어 있을 수도 있다. 어쩌면 그래서 모든 시대를 통틀어 가장 위대한 마법사 멀린이 지구를 자신의 고향으로 삼은 것인지도 모른다. 수많은 문제에도 불구하고, 지구는 최고의 희망을 드높이는 장소로 남아 있기 때문이다.

아발론 연대표

0년

멀린이 심장처럼 고동치는 씨앗을 심었다. 그 씨앗에서 '아발론의 위대한 나무'가 탄생했다.

개화의 시대

1년

온갖 생명체가 새로운 세상으로 이주했다. 또한 맬록(머드루트)의 신성한 진흙에서 새로운 생명체가 신비롭게 태어났다. 이렇게 해서 아발론의 개화의 시대가 시작되었다.

1년

사파이어빛 눈동자의 엘런과 딸 리아가 새로운 신념으로 '모두를 위한 공동체'를 세우고 초대 사제가 되었다. 공동체는 살아 있는 생명체가 모두 조화롭게 지낼 수 있도록, 또한 모든 생명을 지탱하며 유지해주는 '위대한 나무'를 보호하도록 노력한다. 새로운 신념은 일곱 가지 신성한 요소에 초점을 맞추었다. 엘런은 이것을 '전체를 이루는 일곱 가지 신성한 요소'라고 불렀다. 이 일곱 가지 요소는 바로 땅, 공기, 불, 물, 생명, 명암, 신비다.

2년

지혜의 신이자 위대한 정령 다그다가 엘런과 리아의 꿈속에 찾아온다. 다그다는 아발론에 일곱 개의 서로 다른 뿌리가 있고, 각각의 뿌리에는 독특한 풍경과 거주민이 있으며, 이들의 새로운 신념은 결국 모든 뿌리-영토로 뻗을 것이라고 알려준다. 다그다의 도움으로, 엘런과 리아 그리고 이들의 초창기 추종자들(거기에 멀린의 오랜 친구 심이 이끄는 몇몇 거인들도 포함해서)은 '잃어버린 핀카이리'로 여행을 떠나, 유명한 '거인의 춤'이 벌어진 곳까지 갔다. 그곳에 놓인 거대한 원형 돌무더기를 아발론으로 함께 옮겨왔다. 신성한 원형 돌무더기는 스톤루트 한가운데 다시 세워져, '모두를 위한 공동체'의 새로운 주거지 중심에 자리한 '위대한 신전'이 되었다.

18년

사람들은 '모두를 위한 공동체'를 '드루마디안'이라고 부르는데, 잃어버린 핀카이라의 드루마 숲을 기리기 위함이다. 드루마디안은 최초의 사제단을 꾸리고, 여기에 한쪽 귀의 류, 트릴링 종족의 마지막 생존자 크웬, 그리고 오거 사냥꾼 카타를 포함시켰다(오거 사냥꾼 카타가 사제단에 포함되자 많은 사람들이 놀라워했다).

27년

멀린이 아발론으로 돌아왔다. 아발론의 신비를 탐험하기 위해서뿐만 아니라, 사슴 여인 할리아와 결혼하기 위해서였다. 둘은 올라나브람(스톤루트)의 높은 산봉우리, 반짝이는 별 아래에서 결혼식을 올렸다. 이 지역은 일곱 뿌리-영토에서 아발론의 나무둥치 아래쪽이 보이는 유일한 곳이다. (나무둥치는 '일렁이는 바다'에서도 보이지만, 이 기이한 바다는 위대한 나무의 뿌리-영토에 포함되지 않는다.) 멀린은 일곱 뿌리-영토에서 가장 높은 이곳 산꼭대기를 '할리아의 산봉우리'라고 이름 지었는데, 둘은 이곳에서 충실과 사랑을 맹세했다.

협곡 독수리가 하늘 높이 솟아오르며 결혼식의 시작을 알렸다. 아주 오래전 핀카이라에서 열린 '대표자 회의' 이후 가장 다양한 생명체가 이 결혼식에 참석했다. 다그다의 은혜로, 정령 셋 또한 결혼식에 올 수 있었다. 용감한 매, 트러블은 멀린의 어깨에 앉고, 현명한 음유시인 카이르프레는 결혼식이 진행되는 내내 엘런 곁에 서 있었다. 할리아의 오빠, 사슴 종족 에르먼 또한 결혼식을 지켜봤다. 소인 여왕 우르날다, 그랜드 엘루사로 알려진 거대한 흰 거미, 어릿광대 붐벨리, 거인 심, 겁나러블리한 밸리맥, 용 귀니아와 불을 뿜는 새끼 용들도 결혼식에 참석했다. 결혼식은 모두를 위한 공동체의 설립자 엘런과 리아, 한쪽 귀의 류와 트릴링 종족 크웬 사제가 함께 진행했다. (오거 사냥꾼 카타도 초대를 받았지만 결혼식에 참석하는 대신 오거와의 싸움을 선택했다.) 전설에 따르면, 위대한 정령 다그다와 로리란다 또한 직접 결혼식에 와서 신혼부부에게 영원한 축복을 내렸다고 한다.

27년

멀린과 할리아의 아들 크리스탈루스 에오피아가 태어났다. 수년간 축하가 이어졌다. 특히 장난치기 좋아하는 홀라와 요정들이 많은 축하를 보냈다. 거인 심이 입맞춤해주려다 하마터면 깔아뭉갤 뻔했지만, 크리스탈루스는 살아남아 건강한 아이로 자랐다. 마법사의 능력은 종종 세대를 건너뛰기에 크리스탈루스는 마법을 쓸 수 없었지만, 마법사의 피를 이어받아서 오랜 시간을 살 수 있었다. 크리스탈루스는 어릴 때부터 탐험을 무척 좋아했다. 사슴처럼 빠르고 우아하게 움직이지는 못했지만, 엄마를 닮아 달리기를 좋아했다.

33년

퍼거스라는 젊은이가 스톤루트와 우드루트를 연결하는 신비로운 '험준한 길'을 발견했다. 전설에 따르면, 퍼거스는 기이한 흰색 암사슴을 따라 높은 봉우리로 가다 이 길을 발견했다고 한다. 그 암사슴은 무척이나 신비롭게 나타났기에, 어쩌면 탄생과 번영과 부활의 신 로리란다였을지도 모른다. 전설에 따르면, 이 길은 오직 한쪽 방향으로만 이어진다고 한다. 하지만 그게 어느 방향인지, 왜 한쪽 방향으로만 이어지는지는 아무도 모른다. 이 길을 찾았다는 여행자도 몇 명 없고, 찾았다는 주장

또한 믿을 만한 게 못 되었다. 그래서 대부분의 사람은 이 길이 실제 존재하는지에 대해서 의문을 품는다.

37년

엘런이 숨을 거뒀다. 엘런은 유한한 삶에 감사하고, 사랑하는 음유시인 카이르프레를 정령들의 사후 세계에서 마침내 다시 만날 수 있다는 사실에 매우 흡족해했다. 위대한 정령 다그다가 커다란 수사슴의 모습으로 아발론으로 직접 와서 엘런을 사후 세계로 인도했다.

리아가 '모두를 위한 공동체'의 대사제 자리를 물려받는다.

51년

숲의 요정 세렐라가 마법의 관문을 통해 일곱 영토를 여행하는 방법을 알아낸다. 세렐라는 숲의 요정 초대 여왕이 되고, 오랜 시간에 걸쳐 이 위험한 여행 방법에 관해 많은 걸 배웠다.

세렐라는 워터루트로 가는 원정대를 여러 차례 이끌다 마침내 물의 요정 식민지 '크르 세렐라'를 세웠다. 하지만 섀도루트로 떠난 첫 번째 원정이 완전한 재앙으로 끝나면서 목숨을 잃는다.

130년

우드루트 위쪽 지역에서 끔찍한 마름병이 퍼지기 시작해, 닥치는 대로 생명을 앗아갔다. 리아는 이 마름병이 사악한 정령 리타 고르의 짓이라 생각하고 멀린에게 도움을 요청한다.

131년

마름병이 퍼지며 우드루트 숲속 나무를 비롯해 수많은 생명체들이 죽어간다. 멀린은 리아와 리아의 믿음직한 동료 사제 '한쪽 귀의 류'를 데리고 경이로운 여정에 나선다. 멀린만 아는 관문을 통해 위대한 나무 깊숙한 곳으로 들어간다. 이들은 그곳에서 새하얀 마법의 물이 가득한 호수를 발견한다. 이 호수 물은 워터루트 위쪽, 크리스틸리아의 하얀 간헐천으로 흘러들어 프리즘 골짜기에서 일곱 빛깔 띠로 갈라진다. 이렇게 수없이 많은 영토로 흐르며 그곳에 물과 색깔을 가져다준다. 멀린은 호수의 하얀 물에는 엘라노가 농축되어 있어 마법의 힘을 지닌다는 사실을 리아와 류에게 알려준다.

엘라노는 아발론에서 가장 강력하며 종잡을 수 없는 마법의 물질이다. 위대한 나무의 뿌리 안에서 수액으로 이루어졌는데, 일곱 개의 신성한 요소를 모두 결합한다. 멀린의 말에 따르면, 엘라노는 "이 세상에 생명을 주는 진정한 힘"이다.

멀린은 이 호수에서 지팡이의 도움을 받아 작은 엘라노 수정을 얻는다. (이 지팡이의 이름은 '오니알레이'인데, 옛 핀카이라 언어로 '은혜의 정령'이라는 뜻이다.) 그리고 나서 리아와 류와 함께 우드루트로 돌아와 마름병이 시작된 곳에 그 수정을 내려놓는다. 엘라노의 힘 덕분에, 마름병은 점점 약해지다 마침내 사라졌다. 이렇게 우드루트 숲은 치유되었다.

132년

대사제 리아가 추종자들에게 위대한 나무의 생명을 불어넣어 주는 정수, 엘라노를 소개한다. 얼마 뒤, 한쪽 귀의 류가 걸작 〈시클로 아발론(Cyclo Avalon)〉을 내놓았다. 이 책에는 일곱 가지 신성한 요소, 나무

속 관문, 엘라노에 관한 구전 등이 총망라되어 있기에 아발론 전역에서 드루마디안 사람들을 위한 지침서가 되었다.

192년

할리아가 조상의 땅이자 전설 속 장소, 카펫 카에로츨란을 마지막으로 다녀온 뒤 숨을 거둔다. 멀린은 슬픔에 빠져 험준한 스톤루트 산악 지대 높은 곳으로 올라가 몇 달 동안 동생 리아를 포함해 누구와도 말을 하지 않는다.

193년

멀린이 마침내 산에서 내려왔다. 그런데 그건 아발론을 떠나기 위해서였다. 멀린은 아발론을 떠나 다른 세상에서 새로운 도전에 전념하겠다고 친구들에게 말한다. 유한한 지구의 브리타니아에서 아서라는 이름의 젊은이를 가르쳐야 한다는 것이다. 멀린은 구체적인 이야기는 하지 않은 채, 지구와 아발론의 운명은 서로 엉켜 있다고만 넌지시 말했다.

237년

이제 뛰어난 탐험가가 된 크리스탈루스가 워터루트에 에오피아 지도 제작자 학교를 세웠다. 학교 상징으로 '원 안에 든 별'을 선택하는데, 그건 시간과 공간을 도약하는 마법을 의미했다.

폭풍의 시대

284년

어느 날 갑자기, 아발론에서 가장 눈에 띄는 별자리 '마법사의 지팡이'가 빛을 잃었다. 이 별자리의 일곱 개 별이 하나씩 하나씩 사라졌다. 마법사와 지팡이가 진정한 힘을 얻었던 '멀린의 전설적인 일곱 노래'를 상징하는 별자리가 3주 만에 완전히 사라졌다. 별 관찰자들은 이 현상이 아발론의 불길한 미래에 대한 예고라며 입을 모아 말했다.

이렇게 해서 폭풍의 시대가 시작되었다.

284년

파이어루트에서 소인과 용 사이에 전쟁이 벌어졌다. 이 전쟁은 '불꽃이 이는 보석'이 있는 지하 동굴을 둘러싼 분쟁에서 시작되었다. 이 두 종족은 보석을 보호하고 채취하는 데 수 세기 동안 서로 협력해왔지만, 이런 협력 관계가 마침내 금이 가고 말았다. 숙련된 소인들은 보석을 신성하게 여겼기에 오랜 시간에 걸쳐 신중하게 채취하고 싶어 했다. 반면, 용(그리고 동맹군 플레임론)은 보석을 통해 얻을 수 있는 그 모든 부와 권력을 당장 이용하고 싶어 했다. 싸움이 점점 격렬해지자 평화를 사랑하던 일부 요정을 포함해 다른 종족까지 이 싸움에 휘말리게 되었다. 소인, 요정과 인간 대부분, 거인, 독수리 종족이 한편을 이루고, 용, 플레임론, 어둠의 요정, 욕심 많은 인간들, 곱스켄이 다른 한편을 이루었다. 그사이, 오거와 트롤들은 이 혼란을 틈타 약탈을 일삼았다. 이처럼 갈

등이 번지는 와중에 공기 요정, 머드메이커, 몇몇 무세오만 중립을 지켰다. 홀라는 그저 이 모든 흥분을 즐겼다.

300년

전쟁이 점점 심해져서 아발론의 일곱 영토 전역으로 번져갔다. 드루마디안 원로들은 '폭풍의 전쟁'의 본질을 논의했다. 이 전쟁은 아발론에만 국한된 문제인가? 아니면 정령들의 큰 싸움으로 이어지는 하나의 수단에 불과한 걸까? 잔인한 리타 고르는 모든 세상을 지배하려는 야망을 품고, 로리란다와 다그다 동맹은 사람들이 스스로 자유롭게 선택하기를 바란다.

하지만 아발론의 시민들 대부분에게 있어 이런 논의는 의미가 없었다. 이들에게 폭풍의 전쟁은 그저 투쟁과 고난과 슬픔의 시간일 뿐이었다.

413년

리아는 서로 전쟁을 일삼는 아발론 사람들의 잔인함과 모두를 위한 공동체의 교리가 점점 경직되어가는 데 깊은 환멸을 느끼고, 대사제 직을 내려놓았다. 아발론의 외딴곳으로 떠난 리아의 소식을 아는 사람은 아무도 없다. 리아가 유한한 지구로 가서 멀린과 만났을 거라 말하는 이들도 있고, 그저 혼자 떠돌다 생을 마감했을 거라 말하는 이들도 있다.

421년

머드메이커 할라드가 땅의 요정 무리로부터 공격을 받아 큰 부상을 입었다. 어린 할라드는 안전한 곳을 찾아 거품이 이는 샘 가장자리로 기어갔다. 그런데 기적처럼 상처가 나았다. 그 '할라드의 비밀의 샘'은

이야기와 노래에서 유명해졌지만, 그 위치는 철저히 은폐되어 오직 머드
메이커들만 알고 있다.

472년

물 용의 최고 지도자 벤데짓이 평화를 주장했다. 하지만 첫 번째 조
약을 맺기 전날 밤, 몇몇 용이 반란을 일으켰다. 뒤이은 끔찍한 전투에
서 벤데짓은 목숨을 잃는다. 전쟁은 다시 격렬해졌다.

498년

이른 봄, 나무에 막 꽃이 필 무렵, 플레임론과 용 군대가 스톤루트를
공격했다. 이렇게 시작된 '메마른 봄 전투'에서 수많은 마을이 파괴되
고, 수많은 사람이 목숨을 잃는다. 드루마디안의 위대한 신전마저 불길
에 휩싸인다. 드루마디안 사람들은 주볼다와 세 딸이 이끄는 산악 지대
거인들의 도움으로 침략자들을 겨우 물리칠 수 있었다. 전투가 한창일
때, 멀린의 오랜 친구 심이 주볼다의 큰 딸, 본로그 마운틴 마우스를 구
해준다(심은 우연히 본로그를 공격하는 녀석들을 깔아뭉갰다). 그런데 본로그
가 감사의 표시로 입을 맞추려 하자, 심은 깜짝 놀라 비명을 지르며 산
악 지대로 달아나 버렸다. 수치심을 느낀 본로그 마운틴 마우스는 심을
벌주려 했지만 찾지 못했다. 심은 그 뒤로 몇 년 동안 숨어 지냈다.

545년

신비에 싸인 마법사 '호수 여인'이 우드루트의 가장 깊은 숲속에 처음
모습을 드러냈다. 호수 여인은 평화를 요청한다. 경쾌한 비행사라는 날
개 달린 작은 생명체가 일곱 영토 전역에 이 요청을 전하지만, 아무도

귀담아듣지 않는다.

693년

위대한 마법사 멀린이 브리타니아에서 마침내 돌아왔다. 멀린은 '끝
없는 불의 전투'를 이끌어, 어둠의 요정과 불 용 동맹군을 물리친다. 플
레임론은 마지못해 항복한다. 패배를 눈치챈 곱스켄은 일곱 영토 곳곳
으로 뿔뿔이 달아난다.

드디어 아발론에 평화가 찾아온다.

성숙의 시대

693년

호수 여인이 만든 '일렁이는 바다 조약'에 땅의 요정, 오거, 트롤, 곱스
켄, 체인질링, 죽음의 몽상가를 제외한 모든 종족의 대표들이 서명한다.

이렇게 해서 폭풍의 시대가 공식적으로 끝나고 성숙의 시대가 시작
되었다.

694년

멀린이 아발론으로 다시는 돌아오지 않을 거라는 말을 남기고 또다
시 사라진다. 멀린은 새로운 마법사가 나타나지 않는 한(물론, 그 가능성
은 무척 낮은데), 아발론의 다양한 사람들은 스스로 정의와 평화를 추구
해야 할 거라고 진지하게 선언한다. 마지막으로 이별을 하며, 바질가라
드라는 위대한 용의 도움을 받아 별까지 가서 '마법사의 지팡이' 일곱

개 별을 마법처럼 다시 밝혀준다. (이 별자리의 파괴는 끔찍한 폭풍의 시대를 예고했었다.) 마침내, 홀로사르의 나뭇가지 영토에서 '시간의 강'으로 들어가 유한한 지구로 떠난다.

694년

멀린이 떠난 뒤 얼마 지나지 않아 호수 여인이 섬뜩한 예언을 한다. 이것은 '어둠의 예언'으로 널리 알려지는데, 그 내용은 이렇다.

아발론의 별이 모두 서서히 어두워지다 마침내 일 년 내내 완전히 그 빛을 감추게 될 것이다. 바로 그해에 태어난 아이가 인간과 비인간, 유한한 생명과 무한한 생명의 모든 생명체가 함께 공유하는 유일무이한 세계, 아발론의 종말을 가져올 것이다. 멀린의 진정한 후계자만이 아발론을 구할 것이다.

하지만 호수 여인은 마법사의 후계자가 누구인지, 또는 그 아이가 어둠의 예언 속 아이를 어떻게 물리칠 수 있는지에 대해서는 아무 말도 하지 않는다. 그래서 사람들은 궁금했다.

어둠의 예언 속 아이는 누굴까? 멀린의 진정한 후계자는 누굴까?

700년

섀도루트의 영원한 어둠 속에서 새로운 도시가 생겨났다. 디아나라, 빛의 도시. 전설에 따르면, 별에서 온 사람들이 이 도시를 지었다고 한다. 아야노윈 또는 불꽃 천사라는 이 사람들의 몸에서는 불꽃이 활활 타오른다고 한다. 이들이 섀도루트에 횃불과 모닥불 불빛을 가져왔다. 거기에 또 하나의 빛도 가져왔는데, 그건 바로 아주 먼 땅에서 온 '이야기'였다.

702년

에어루트에 사는 위대한 건축가 공기 요정, '르 펜 플레이스'가 자신의 가장 야망적이고 실용적인 프로젝트를 완성했다. 즉, 에어루트와 머드루트 사이 안개 자욱한 곳에 구름 실로 짠 밧줄로 다리를 만들었다. 이윽고, 사람들은 이곳을 '안개 다리'라고 부르기 시작했다. 공기 요정 외에 이 다리를 처음 건넌 건 호수 여인과 산봉우리 요정 뉴익이었다.

717년

크리스탈루스는 마법사의 피를 물려받았기에 유달리 오랫동안 살았다. 이미 아발론의 뿌리-영토 곳곳을 수없이 탐험했는데, 이제 위대한 나무의 심재까지 다녀온 최초의 인물이 되었다. 위대한 나무의 심재 안에서, 크리스탈루스는 일곱 영토 어느 곳이든 갈 수 있는 단 하나의 관문을 찾아낸다. 하지만 위대한 나무의 위쪽으로 갈 수 있는 방법은 찾지 못했다. 언젠가 다시 돌아와 위쪽 지역으로 여행할 수 있는 방법을 찾아내리라, 별까지 여행하리라 다짐한다.

842년

우드루트 외딴 곳에서, 늙은 스승 한완 벨라미르가 농업과 공예에 대한 새로우면서도 과감한 아이디어로 명성을 얻는다. 이 새로운 아이디어는 생산적인 농업은 물론이고 마을 사람들에게 보다 안락한 삶과 여유를 안겨주었다. 이제 사람들은 벨라미르를 '올로 벨라미르'라 부르기 시작한다. 아발론이 탄생하고 멀린이 올로 에오피아라 불린 뒤로 이렇게 열렬한 지지를 받은 사람은 처음이었다. 벨라미르는 이런 칭찬을 겸손하게 물리쳤지만, 벨라미르가 이끄는 '번영 아카데미'는 날로 번창한다.

894년

섀도루트에서 어둠의 요정 사이에 내전이 터진다. 싸움이 끝났을 때, 어둠의 요정 대부분은 목숨을 잃었다(모두 죽은 건 아니었다). 빛의 도시는 파괴되고, 다른 영토로 이어진 섀도루트의 유일한 관문은 막혔다. 이곳에서 무슨 일이 있었는지는 무세오만 제대로 알고 있을 뿐, 수수께끼로 남아 있다.

900년

벨라미르의 가르침은 계속 퍼져간다. 숲의 요정을 비롯한 많은 종족들은 아발론에서 인간이 '특별한 역할'을 해야 한다는 벨라미르의 이론에 분개하지만, 벨라미르를 지지하는 인간은 점점 더 늘어난다. 벨라미르의 추종자들이 늘어나면서, 벨라미르의 명성은 다른 영토까지 널리 퍼진다.

985년

어둠의 예언대로, 아발론의 별들이 점점 어두워진다. 이렇게 해서 모두가 두려워하던 '어둠의 해'가 시작된다. 이 해에 태어난 아이가 어둠의 예언 속 아이가 될지도 모른다는 두려움에, 플레임론의 근거지 파이어루트를 제외한 모든 영토에서 출산이 금지된다. 소인과 물 용의 경우처럼, 이 해에 태어난 아이를 모두 죽여 버리는 사태까지 벌어졌다. 아발론 일곱 영토에서 드루마디안 추종자들은 멀린의 진정한 후계자와 그 무시무시한 아이를 찾아다닌다.

985년

널리 퍼진 어둠 속에서도, 크리스탈루스는 탐험을 계속 이어가 플레임론 영토로 갔다. 그런데 그곳에서는 외부인, 특히 인간의 피를 이어받은 사람은 결코 환영받지 못한다. 크리스탈루스 일행이 그곳에 도착하자마자 공격을 받고, 생존자들은 붙잡혔다. 다행히 크리스탈루스는 정체 모를 친구의 도움으로 간신히 탈출할 수 있었다. (플레임론 공주 할로나가 크리스탈루스를 구해줬다고 믿는 이들이 있다. 반면, 독수리 여인이 도와준 거라고 주장하는 이들도 있다.) 크리스탈루스는 '어둠의 예언'의 위험을 무시하고, 자신을 구해준 사람과 결혼해 아이를 얻었다. 하지만 아이가 태어나자마자 엄마와 아이는 감쪽같이 사라지고 만다.

987년

아내와 아이를 잃은 슬픔에 빠진 크리스탈루스는 지금껏 가장 야심찬 탐험 여행에 나선다. 즉, 위대한 나무의 나무둥치와 나뭇가지로 올라가는 길을 찾으러 떠난 것이다. 하지만 크리스탈루스의 진짜 목표는 이보다 훨씬 더 위험한 것이라고 믿는 사람들이 있다. 즉, 아발론의 별이 품고 있는 커다란 수수께끼를 풀기 위함이었다. 아니면, 그저 슬픔에서 도망친 것이었을까? 크리스탈루스가 마침내 별에 이르렀는지 아무도 모른다. 그 뒤로 결코 돌아오지 않았다는 건 분명하다.

1002년

어둠의 해에서 17년이 지났다. 일곱 영토 전역에서 여러 문제가 생겨났다. 인간과 다른 생명체 사이에 싸움이 벌어졌다. 스톤루트, 워터루트, 우드루트 위쪽 지역이 극심한 가뭄에 시달리고 기이하게 잿빛으로 물들어갔다. 구울라카라는 투명에 가까운 살인마 새들이 공격해왔다. 악이 점점 퍼지고 있다는 막연한 느낌이 강해졌다. 이 모든 게 어둠의 예언 속 그 끔찍한 아이가 살아서 힘을 얻고 있는 증거라고 사람들은 받아들였다. 사람들은 멀린의 진정한 후계자 또는 오랫동안 떠나 있던 마법사가 직접 나타나 아발론을 구원해주기를 공공연히 빌었다.

1002년

연말이 되어 가뭄이 더 심해지고 '마법사의 지팡이' 별자리의 별이 하나둘 꺼지기 시작한다. 이런 일은 지금까지 딱 한 번, '어둠의 해'에 일어난 적이 있었다. 아발론 284년 '폭풍의 시대'가 시작된 바로 그해였다. 왜 이런 일이 일어났는지, 어떻게 하면 막을 수 있는지, 아무도 몰랐다. 하지만 사람들은 마법사의 지팡이가 사라진다는 건 '아발론의 종말'을 의미하는 것뿐이라며 두려워했다.

-12권 끝-

≈ FINCAYRA ≈

AVALON

〈경이로운 장소〉

〰 사후 세계 : 정령들의 영토 〰

〰 지구 : 유한한 생명체들의 고향 〰

멀린12 마법의 책

1판 1쇄 인쇄 2021년 8월 10일
1판 1쇄 발행 2021년 8월 20일

지은이 | 토머스 A. 배런
펴낸이 | 김영곤
펴낸곳 | (주)북이십일 아르테

키즈융합부문 이사 | 신정숙
융합사업2본부 본부장 | 이득재
웹콘텐츠팀 | 장현주 김가람
교정교열 | 쟁이랩_JANGYLAP
해외기획팀 | 정영주 이윤경
영업마케팅 본부장 | 김창훈
영업팀 | 허소윤 윤송 이광호
마케팅팀 | 정유진 김현아 진승빈
제작팀 | 이영민 권경민

출판등록 | 2000년 5월 6일 제406-2003-061호
주소 | (우 10881) 경기도 파주시 회동길 201(문발동)
대표전화 | 031-955-2100 **팩스** | 031-955-2151
이메일 | book21@book21.co.kr

(주)북이십일 경계를 허무는 콘텐츠 리더

아르테팝 채널에서 도서 정보와 다양한 영상자료, 이벤트를 만나세요!
페이스북 facebook.com/21artepop   트위터 twitter.com/21artepop
인스타그램 instagram.com/21artepop   홈페이지 artepop.book21.com

ISBN 978-89-509-9695-6 04840
책값은 뒤표지에 있습니다.